# ケンコ

## 荒波を超えて

森本 謙四郎

*Kenshiro Morimoto*

文芸社

故スール・リタ・デシャエンヌ先生に
（ケベック・カリタス修道女会）

出会い　　森本謙四郎

嵐を衝いてやってきました
荒波を超えてやってきました
そしてあなたにお会いしました
良かったですね
ほんとに良かったですね
（一九六一年十二月）

ケンコ　荒波を超えて◆目次

# 第一章　紀元は二千六百年

# 一

その年、昭和十五年、ケンコは六歳になりました。ケンコにはこのごろ、毎晩のように、父母の前で歌を歌う習慣がついていました。父が勤めから帰り、一家揃って夕餉をすませると、楽しい団らんの時間が始まります。それがたけなわになったころ、三つ上の兄といっしょに、両親にある歌を歌って聞かせるのです。

「ニノンもケンコも、あれを歌ってくれよ」

父が笑顔で言い出すと、母も、

「さあ早く立って、立って」

と拍手してうながします。二人の子どもは待ってましたとばかり勢いよく立ち上がり、直立不動で歌い出すのです。

「金鵄輝く日本の　栄ある光身にうけて　いまこそ祝へこの朝
紀元は二千六百年　あゝ一億の胸はなる」

意味に少しわからないところがあっても、この歌を歌うとき、ケンコは体中にぐんぐん力がみなぎってくるのでした。ニノンもきっと同じで、だから二人はいつも顔を真っ赤にして、声を振りしぼるのです。

威勢がいいのも当然で、この『紀元二千六百年』という歌は、日本の国を挙げてのお祝いの歌なのでした。つまりケンコが六歳になったこの年、昭和十五年は、日本の国にとってたいへんおめでたい年だったのです。初代の神武天皇が天皇の位につき、日本国が誕生してから、この年でちょうど二千六百年目に当たると言われていました。政府は盛大にお祝い行事を進め、日本の国の偉大さと、いまこの国に生きる幸せを国民に知らせようと力を入れました。元旦の新聞は第一面から、国家の栄光を称(たた)える言葉で埋め尽くされ、皇室を敬うことの大切さを説く記事でいっぱいでした。そればかりではありません。東京の百貨店では記念の展覧会が開かれ、その広告にも「祝」の文字がおどっていました。

中でも、幼いケンコに強い印象を与えたのが、勇壮で、調子の良い『紀元二千六百年』の歌だったのです。年明けからこちら、このメロディが聞こえない日はありません。朝から晩まで、ラジオからも街角からも、民家のレコードからも、どこにいても耳に入ってくるのです。聞いていると、なんだか体が弾みだしそうな気がします。いつのまにか、ケンコは一番の歌詞をすっかり覚えてしまいました。そして気分が乗ると、母を聞き手に、小学三年生のニノンと大きな口を開けて合唱するのでした。母は家事の手を休めて、にこにこしながら観客の役をつとめてくれます。

ところで、ニノンという、この不思議な呼び名ですが、これはケンコが付けたものでした。まだ幼児だったころ、口のまわらないケンコはうまく「にいちゃん」と言えなくて、「ニノン」と呼んでいました。それがそのまま、家族のあいだの呼び名になっていたのです。

ケンコという愛称も、父母の口ぐせが、いつのまにか家庭での呼び名になってしまったものでした。ケンコの本名は「健（けん）」と言います。いまはニノンと二人だけの兄弟ですが、父母にとっては四番めの男の子でした。実は、ケンコの生まれる前、ニノンの上に長男と次男になる兄たちがいたのです。ところが、ケンコの生まれる前の年、長男を七歳で、次男を五歳で、それぞれ伝染病のために亡くしてしまったのでした。三男のニノンだけは無事だったものの、両親の嘆きと落胆はひと通りではありませんでした。

それだけに、一年ほどしてケンコが生まれたときの喜びは、ひとしお大きかったのです。父も母も、亡くした二人の子の生まれ変わりを授かったような気がしたのでしょう。こんな事情があったので、とりわけケンコは大切にされ、可愛がられて育ちました。「ケン」と呼ぶはずのところを、「コ」を付けて「ケンコ」とその後も呼ばれ続けたのは、両親のそんな思いがこめられていたからです。

仲の良い父母の愛情をいっぱいに受けて、ニノンともども、ケンコはすくすく成長していきました。父も母も、もちろん厳しいところがないわけではありませんが、ふだんは気難しいことも口うるさいこともありませんでした。むしろ父母といっしょにいると、心が和んで弾んできて、子どもらしく生き生きとふるまいたくなるのです。夕食後の合唱もそのひとつでしたが、ときには子どもたちの方から、

「お父さん、『ここはお国を何百里』を歌って！」

と父の十八番をせがむこともありました。この歌は正しい曲名を『戦友』と言って、日露戦争のとき、ちょうど父がいまのニノンやケンコの年ごろに作られたものでした。

「ここはお国を何百里、離れて遠き満州の、赤い夕陽に照らされて、友は野末の石の下」

歌詞を聞いてもわかるとおり、戦死した友を悼み、思いやる哀しい歌です。座った父が背を伸ばし、目をつむって歌うと、母も兄弟もしんみりした気持ちになって、聞き入るのでした。ケンコは勇気がりんりんと湧いてくるような歌も好きですが、父の歌うもの悲しいこの歌も好きでした。そんなときは、ニノンもケンコも子どもながらに、しんみりとした静かな心もちになります。家族みんなで、しみじみした雰囲気にひたる、こうした時間も、ケンコにはまた幸せなひとときでした。

けれど、子どもたちにとっては、浮き立つようなお祝い気分もしっとりした気分も、いっときのものでしたが、父や母はそうではありませんでした。ケンコの父は、ここ大阪の

府立職工学校（いまの工業高校）で印刷科の教員をしていました。時代の流れがけっして『紀元二千六百年』が謳い上げるように景気のいい、明朗な面ばかりではないことは、父にはよくわかっていたのです。

「……きょうも学校が忙しくて、ちょっと疲れたな。どうも、近ごろは学校も戦争気分がますます強くなってきていてね」

子どもたちが茶の間から引き上げると、父と母はよくこんな話を交わしました。

「そうですか。街は浮かれているけれど、支那（いまの中国）にいる兵隊さんは大変なんでしょうね」

「どうなるかねえ、支那事変は。終わるようには見えないねえ。いま教えている生徒たちも卒業したら、すぐ兵隊にとられてしまうだろうな。せっかくみな、職工の卵に育ったというのに……」

「そんなことを言っていたら、誰に聞かれるかわかりませんよ。お父さんは口の軽いところがあるから、気をつけてくださいね」

「わかっているよ。家の中だけさ。こんな愚痴はおまえにしか言わないよ」

昭和十二年七月七日に始まった支那事変（日中戦争）は、もう三年めに入っていました。すぐに終わるだろうと言われていた戦争が、敵国の首都南京が陥落しても終わらず、まだ戦線は広がり続けています。いったい、いつまで続くものか、いつ終結を迎えるのか、予想がつきませんでした。だんだんと戦死者の数が増えてくると、国民のあいだにも不安と閉塞感が高まってきます。しかもヨーロッパでは、昭和十四年に、日本の同盟国ドイツが、イギリスやフランスをはじめとする連合国と大きな戦争（第二次世界大戦）を開始していました。

　日本とアメリカの関係も、支那事変が始まってから悪くなる一方でした。日本が幕末に開国したころ、アジアのほとんどは欧米列強の植民地にされていたので、明治の日本人は強い外国に負けてはいけないと、国を富ませ、軍事力を強くすることに努力してきたのです。その甲斐あって、日本は日清・日露と大きな戦争に勝ち抜きました。強い国のひとつと数えられるようになりましたが、やがて列強に虐げられたアジアをまとめ、日本が覇者となってリードしようという気運も生まれてきます。これが諸外国との摩擦を生み、そのうちにヨーロッパのような大戦争が起こるのではないかという緊迫した空気が、徐々に世の中に広がっていたのです。

　あの勇ましい『紀元二千六百年』が国民歌として大流行したのは、そんなときでした。だから父も母も、二人の愛し子の合唱に目を細めてはいても、世の中の先行きを憂えていたのです。

これが、ケンコが小学校へ上がる前の年のことでした。まだ世の中のことなどわからないケンコは、来年の春が来れば、ニノンといっしょに小学校に通うのだと小さな胸をはずませていました。

## 二

ケンコはすくすくと育っていましたが、両親の、とりわけ母の気苦労は絶えませんでした。昭和十五年のころは、社会の状況も現代とはまるで違っています。家庭の中でも、母親のつとめはとても多く、ケンコの母もいつも朝から晩まで家事に追われ、父と子どもたちの健康に目を注ぎ、親類や近所の人々にも気を配って忙しく暮らしていました。そのうえ、小さな子どものたくさんいたこの時代、医療や衛生環境がじゅうぶんでなかったために、重い病気にかかったり、死んでしまう子どもが多かったのです。

ケンコの家でも、ケンコが生まれて四年後の秋、母は生まれたばかりの女の子を亡くしていました。桃子と名付けられた初めての娘は、病気になったニノンやケンコの看病に手を取られているうち、ちょっとした風邪かと思っていたのが、急に病気が進んでしまったのです。やがて肺炎を起こし、桃子はあっけなく亡くなってしまいます。先に長男と次男を亡くし、いままた可愛い長女を失った母の嘆きがどんなに深かったか、言うまでもありません。

こんなとき、いつもなら勤めから帰った父が手助けしてくれるのですが、あいにく秋になると、父は長く家を留守にしなければなりませんでした。そのころ、父は職工学校の教員としてだけではなく、もうひとつ大事な役目を担う立場にいたからです。父は勤め先の学校に卓球部を創設して、熱心に生徒の指導に当たっていました。毎日、学校の工場で細かい作業に神経を使っている生徒たちに、心と体を解放できる時間を与えてやりたいと考えたからでした。父自身も卓球のセンスを具えた人だったのです。教師になってからしばらくは、教員の卓球クラブに入って楽しんでいたのですが、そのうちに勤めていた今宮職工学校を幾度も全国優勝に導いたことから注目されるようになりました。

こうなると、周りが放っておきません。だんだん卓球競技のいろいろな関係筋から、責任ある立場に立つよう要請されるようになります。たとえば毎年、東京の明治神宮外苑と奈良の橿原神宮外苑で、日本体操大会というものが開かれるのですが、そこに大阪の学校代表チームの監督や大会役員として参加するようにと頼まれるのです。

生来、父は何事もいいかげんにすませることができない性分でした。競技者として伸びたのもそのせいでしょうが、指導者になると、今度は選手の育成に精力を注ぎ込むようになりました。しかし、父にはひとつのことに夢中になると、ほかのことは目に入らなくなるところがあります。どこまでも人を信じる、底抜けのお人好しの面もありました。それがわかっているので、母はあまりに卓球競技に打ち込む父を見ていて、先々どうなるのだろう、大丈夫だろうかという不安も感じていたのでした。

けれど卓球界の重い地位につくうち、教職と並んでそちらの公務が、すっかり父の第二の仕事のようになっていきました。父が世間から重く用いられることは、母ももちろん誇りに思っています。しかし同時に、桃子のことを思い出すと、幼子を抱えて長いこと留守を守るのは心細かったのです。お父さんにはなるべく家にいてほしい。そうは思っても「家のことを考えて長期出張はやめてもらいたい」などと言えば、父も困るでしょうし、多くの人にも迷惑がかかってしまいます。もう家族といえども、むやみに反対できないくらい、父は卓球界の成功者になってしまっていたのです。

とりわけ、昭和十五年の秋は、特別でした。

「今年も明治神宮の大会にいらっしゃるのでしょう？」

ある晩、ふとんにもぐっていたケンコは、茶の間で母が父にそう尋ねているのを、ふと耳にしました。

「ああ。何しろ、今年は紀元二千六百年の記念大会だからねえ」

「お父さんが行かれるのは、大事なお役目ですからいいんですけど、この時期になると、どうしても桃子のことが思い出されてしまうんですよ」

「それを言われると……ぼくも一言もないよ」

両親の声は湿りがちでした。ケンコはことさら、母の声になんだか力がないような気がしました。お母さんは、お父さんが長い留守をするのがそんなに心配なのだろうか。ちょっと気になったものの、じきにケンコはスヤスヤ眠ってしまいました。

しかし、このときの母の懸念は思いがけないかたちで、まもなく現実のものとなってしまうのです。

出立が近づいてくると、父は引率していく大阪代表の中学校や高等女学校との打ち合わせに忙しくなりました。また勤務校でも、出張のあいだの授業、校務の手当をしておかなければなりません。ただ、戦時下ということで、体育関係の活動については、学校もたいへん理解があり、むしろ積極的に応援してくれる雰囲気がありました。体育の充実は、青少年の強健な心身をつくる助けとなります。それは未来の良き兵士となる人材を育てることであり、ひいては戦争に勝ち抜き、強い国家を築き上げる礎（いしずえ）となる。そのように考えられていたからです。

秋が深まったころ、ようやく大役をつつがなく務め上げ、父がわが家に帰ってきました。

さいわい、今年は父の留守中も、子どもたちは大きな病気もケガもせずに過ごしていました。しかし、母の様子がどうもいつものようではないのに、やがて父は気づきました。どことなく元気がないのです。

「どうかしたのか。体の具合でも悪いのと違うか」

「自分でもよくわからないんだけれど、このところ、肩が凝ってしかたがないの」

「それじゃ、あんまでもしてもらったらどうだい」

　母は家計のことを心配して断りましたが、すぐに近くの揉み療法士が呼ばれてきました。その人が言うには、どうも疲れようがただごとではない、重い病気が隠れているかもしれないからお気をつけなさい、ということでした。はたして、それから一週間ほどした朝、子どもたちを送り出した母は急にめまいに襲われて、その場に倒れてしまったのです。運の良いことに隣の奥さんがたまたま訪ねてきて、突っ伏している母を発見してくれました。奥さんはすぐに医師を呼び、父の学校へも電話をかけてくれました。

　取るものも取りあえず、父が大急ぎで帰って医師に尋ねてみると、かなりひどい肋膜炎（ろくまくえん）だという診断です。父は医師に言われたとおり、部屋を暖かくし、一定の時間ごとに胸に薬を塗った湿布を当てて看病しました。ですが、熱ですぐに薬が乾いてしまいます。それをまた取り替えては、母の様子をじっと見つめていました。

母は血の気の引いた白い顔を天井に向けて、身動きひとつせず、こんこんと眠っています。よほど疲れていたのだなあ、と深い眠りに沈む母の寝顔を見ながら、いつもになく父は考えにふけりました。

父は温暖な徳島県の、高知県に寄った鴨島町（かもじまちょう）というところの出身でしたが、母は対照的に雪深い新潟県小千谷（おぢや）に生まれました。代々、塩や海産物を商ってきた家に、九人兄弟姉妹の長女として育った母は、子どものころから、両親を助けて懸命に働いたと言います。それだけに、絶えず景気に左右される商売人の苦労を、身に染みて知っていたのです。

婚期を迎えたころ、東京の名のある商家から縁談がもたらされました。周囲はみな、こんなに良い話はめったにない、としきりに勧めましたが、母は商人に嫁ぐことにはどうしてもためらいがありました。もっと堅い仕事の人と穏やかな家庭を築いてみたい、という願いがあったからです。そんな折に、大阪の実業学校に勤める新任教師を紹介してくれる人がありました。もともと勉強が好きだった母は、教師という仕事に好感を持っていたこともあり、それを職業とする人なら自分に合いそうな気がしました。それがケンコたちの父になる人だったのです。

実際に会ってみると、父は男性としては小柄でしたが、若々しいエネルギーにあふれ、仕事への情熱は人一倍強く感じられました。

こうして母は学校教師の妻として結婚生活をスタートさせましたが、夢見ていたように、平和で穏やかな暮らしがいつも続いたわけではありません。父は仕事熱心でまじめに働き、家庭も大事にしてくれます。しかしひとつのことに全霊を注ぐ反面、そのほかのことには、ずいぶん大ざっぱなところがありました。大ざっぱと言うよりも、常識外れと言うか、世間知らずと言うか、堅実な母から見ると信じられないようなことを、ときどきやってのけるのです。

たとえば、こんなことがありました。父の行きつけの食堂の主人があるとき、実は金繰りが苦しくて困っている、もしゆとりがあったら貸してはもらえないか、と借金を申し込んできたことがあります。すると父は二つ返事で、必要なだけ使うように、と預金通帳ごと渡してしまったのです。結局、食堂の主人はそのお金を返すことができず、三度三度の食事を提供するから、それで勘弁してほしいと頼んでくる始末でした。

商人の家は浮き沈みがあるからと嫁ぐのをためらったほど堅実な母から見ると、父のような世間離れした人間がいることは、驚きでしかありませんでした。こんな人では先が思いやられると思いつつも、ここは自分がしっかり手綱を取って、どこへ猛進していくかわからない夫を脱線させないようにしようと、そう母は腹を据えたのでした。

こうしてどうやら二人は確かな家庭を営み、子どもたちを育ててきたわけです。しかし、やはり長いあいだに、妻の心労は積もっていたのだろう。それがこのような病気を呼び込んだのかもしれない。そこまで考えると、父はあらためて自分の来し方を振り返る気持ちになりました。

これまでは妻の支えを受けて、生き甲斐のひとつである卓球競技に打ち込んできたけれども、そういう自分のあり方でよかったのだろうか。何よりも大切なのは、いま病の床にある妻と二人の子どもたちをしっかり守っていくことだ。それ以外のことは、この第一の義務を果たしたうえでの、あくまで第二の問題である。そのようにはっきりと自覚してみると、それを気づかせてくれたこのたびの妻の病気も、むしろ感謝したいような気さえしてくるのでした。

三

母が倒れたことで、ケンコは生まれて初めてと言っていいくらい、大きなショックを受けました。何も知らずに幼稚園から帰ってきたら、母がふとんに横になっていたのですから、びっくりしたのは当然です。家の中には近所のおばさんがいて、母のふとんのそばでお医者さんが診察をしています。まもなく、父も大あわてで帰ってきました。

夜もふけて、ようやく母は深い眠りから覚め、うっすらと目を開けました。ケンコたちはもう床についていましたが、母の寝室から、かすかに両親の語り合う声が聞こえてきました。

「ああ、お父さん。すみません……帰って来てくださったのね。ありがとうございます」

「疲れていたんだね。心配しないでいい。当分、ゆっくり静養するんだよ」

そのあとも、両親は小声で話し合っているようでしたが、どんなことをしゃべっているのかまではわかりませんでした。ただ、母が目を覚まして口を利いていることだけで、ケンコはほんの少しですが、ホッとしました。ほんとうならふとんから抜け出して、母の顔を見に行きたいところですが、そんなことをするとかえって母を心配させてしまうでしょう。じっとがまんしながら、ケンコは目尻に浮かんだ涙をそっとぬぐいました。

そのあとも、なかなか寝付かれないまま、暗闇に目を見開いていると、良くない考えばかりが頭に浮かんでしかたがありません。もしも母の病気が重くなって、死んでしまうようなことになったらどうしよう。そんなことまで考えてしまうのです。

わずか六歳のケンコにとっては、母は世界のすべてと言ってもいいほどでした。母がいなくなった世界など、想像することもできません。でも、ひょっとしたらそんなこともあるかもしれないと思うと、悲しくて心細くて、涙がどんどんあふれてくるのでした。

ケンコには、この晩と同じように、悲しい思いをした記憶がありました。それはこの春のことで、幼稚園に入園したあくる日の朝の思い出です。

入園式の日は、母に連れられて、家から一キロほど離れた幼稚園へ歩いて行きましたが、帰るまぎわに、先生からこんなお話があったのです。

「みなさん。あしたからはお母さまといっしょではなく、みんな一人で幼稚園に来るのですよ。みんな、強い子でしょう、がんばってくださいね」

それまで、ケンコは一人で遠くまで出かけた経験が、まったくありませんでした。家から離れたところへ行くときは、いつも母といっしょでした。家の中にいれば、もちろんいつでも母の姿が見えるし、声も聞こえます。そんなケンコにとって、母から離れて一人で出かけなくてはならないのは、とても不安でした。その晩は寝床に入っても、心配ばかりがつのって、なかなか眠ることができません。

翌朝になって、いよいよ一人で玄関を出て行くときの心細さといったらありませんでした。家の前の狭い道を歩いて、広い通りに差しかかります。そこを曲がればもう家が見えなくなる角まで来て、思わずケンコは後ろを振り返りました。家の門口に、母が立って、じっとケンコを見守ってくれています。

遠くなった母の白い顔を見つめながら、ついに角を曲がる瞬間、ケンコの目にみるみる涙が盛り上がってきました。ほんとうは、お母さんのもとへ駆け戻りたい気持ちでいっぱいです。でも、それはできません。生まれて初めて母と別れるつらさ、悲しさをこらえて、ケンコは広い通りへと出て行ったのです。しかしこのときの寂しく心が震えるような気持ちを、ケンコは忘れることができませんでした。

子どもにとって、母親と別れる悲しみは、どんな悲しみよりも大きいのです。一人で遠くへ行くことでさえそうだったのですから、もしもお母さんが死んでしまったら、などと思うと、ケンコの目にあとからあとから涙があふれてきたのは、無理のないことでした。

母が療養しているあいだ、母の妹の信ちゃんが手伝いに駆けつけてくれました。信ちゃんは長女の母よりもずっと年下で、七人姉妹の六番目の妹です。花嫁修業のために新潟から出て来て、大阪の知人の家で働いていたのです。父が連絡すると、さっそく大きな風呂敷包みを下げてやってきた信ちゃんは、大柄なお姉さんで、和やかな笑顔でニノンとケンコにいろいろ話しかけてくれました。母もホッとしたのか、少し顔色が良くなり、顔をほころばせています。

すっかり沈んでいたケンコも、立ち働いている信ちゃんの様子を見ているうち、だんだん気持ちが軽くなってきました。母が元気で、自分たちの世話をしてくれている、ふだんの気分が戻ってきたのです。

何日も過ぎるころには、信ちゃんのいる暮らしにもすっかり慣れて、できればいつまでもこの家にいてほしいと思うようになりました。そんなときはつい母が寝ていることも忘れて、子どもらしく大きな声で歌を歌ったり、笑い声を立てたりしそうになります。そのつど、「あっ、いけない」と手で口を押さえて、ニノンとケンコは顔を見合わせるのでした。

母の容態は薄紙をはがすように、少しずつ少しずつ、快方に向かっていきました。やがて、紀元二千六百年のお祝いに明け暮れた昭和十五年も、年の瀬が近づいてきました。母の病気のこともあって、ケンコには、年明けのころのにぎやかな気分はすっかり遠い世界のことのような気がします。

年が明ければ、昭和十六年。ケンコもいよいよ小学生です。そう思うと、一年間の幼稚園生活を送り、母の急病という経験もしたケンコは、自分が少し成長したような気がしました。小学校はどんなところなんだろう。勉強は難しいのだろうか。ニノンは楽しそうに毎日通っているから、きっと楽しいところに違いない……。

けれど、ケンコが入学するその年から、小学校は「国民学校」と名前が変わることになっていました。明治時代から続いていた小学校に代わって、新しく学校制度があらためられるのです。戦争の気運が高まるにつれて、国は子どもたちを国に尽くす日本国民として教育することに、いっそう力を注ぐようになったのでした。

# 第二章　国民学校一年生

# 一

入学式の一週間くらい前、ケンコは両親に連れられて、百貨店に式服を買いに行くことになりました。昭和のその時代、百貨店は都会に住む子どもたちのあこがれの場所でした。花やかな目抜き通りにそびえる、高くて大きな洋風の建物。その屋上から、高々と空に浮かんでいるアドバルーン。きらきらと光のあふれる、きらびやかなショーウインドー。しゃれた制服に身を包んだエレベーターガールの、すました身のこなし。次々にお客を運んでいく、長いエスカレーター。そしておいしそうな匂いを廊下にまで漂わせている大食堂。

ふだんの生活では味わえない都会的な雰囲気に、ケンコはいつもより興奮していました。洋服売り場にやって来ると、父と母は小学生の式服を前に話し合っています。ケンコにどの式服を買ってやったらいいだろうかと、考えているのでした。式服はエリの小さな、ふつうによく見る学童服と、大きな白いエリの付いた、しゃれた慶応型とがありました。

「ケンコ、どうする？　どっちがいい？」

「慶応型がいい！」

ケンコはとっさに答えました。ケンコはいつだったか、慶応型の式服を身につけた子どもの写真を見たことがありました。その服を着ると、ぐんと身の丈も心も大きくなるような気がして、いつか着てみたいとひそかに思っていたのです。

「よし。ケンコが好きなんだったら、それにしようじゃないか」

　父が賛成してくれ、お店の人にも「とてもお似合いでいらっしゃいますよ」と言ってもらったので、ケンコは得意満面でした。ニノンのときはふつうの学童服だったので、きっとうらやましがるだろうと思うと、いっそううれしくなります。こうしてあこがれていた、おしゃれな慶応型式服を着ることから、ケンコの国民学校一年生は始まりました。

　さて、入学式の日。初めて国民学校に登校したケンコは、想像以上に学校が広いのにびっくりしました。これまで通っていた幼稚園の二十倍か三十倍ほどもありそうです。体の小さなケンコには幼稚園の園舎くらいがちょうどぴったりで、学校のような広いところでは身のすくむような気がしました。

　校門を入ってすぐ、二宮金次郎の銅像が建っています。二宮金次郎は江戸時代の名高い農政家で、貧しい暮らしに負けず勤勉努力して人々に尊敬される仕事を成し遂げた人です。この時代の小学校（国民学校）には、どこにも薪（たきぎ）を背負って歩きながら本を読んでいる、金次郎の銅像がありました。その姿は、学校というのがどんなところなのか、表しているように思えました。

広い運動場の正面に、朝礼台があります。その後ろには藤棚があり、そのそばに、神社の境内にでもありそうな、小さいながらもおごそかな建物がありました。ここは奉安殿（ほうあんでん）と呼ばれ、中に天皇陛下のご真影（お写真）と、教育勅語（謄本（とうほん））の巻物が納められています。教育勅語は明治天皇の国民に向けたお言葉を記した文書ですが、国民学校では特別大切にされたものです。入学式のあとで、担任の先生から「奉安殿の前を通るときは、必ず心を込めて最敬礼をするように」と注意があったほどでした。

一年生の教室は校舎の東のはじっこにあります。休み時間になっても、一年坊主は広い運動場のはじっこに固まり、校舎の近くでごちゃごちゃ戯れているだけでした。たまたま体の大きな上級生がこぼれたボールを拾いにやってきたりすると、それを渡すとき、緊張して胸がどきどきしてしまいます。

そんな慣れない学校生活の中でも、特別に緊張させられる儀式がありました。年の初めと、紀元節（いまの建国記念日）、天長節（天皇誕生日）、そして明治節（明治天皇の誕生日、いまの文化の日）の四つです。

このときの儀式は、まず国旗がしずしずと掲げられ、全員が東の方、つまり皇居の方角に向かって最敬礼することから始まります。水を打ったような静粛の中、首席訓導（現代で言う教頭）の先生が、奉安殿から角張った黒いお盆に白木の箱を載せて、運んできます。

白木の箱の中には、教育勅語の巻物がしまわれています。

　校長先生が壇上でこれを受け取り、おごそかな手つきで箱から巻物を取り出します。一度頭上高く持ち上げて拝礼したあと、ていねいに紐をほどくと、ゆっくりゆっくりと巻物を広げていくのです。生徒たちはみな頭を深く下げて、校長先生が教育勅語のお言葉を朗読し始めるのを、じっと待つのでした。

「朕（天皇のみが使う第一人称＝私）思うに」という言葉から始まる、漢文調の教育勅語は、校長先生の重々しい読み上げ方のせいか、幾度聞いても、心の奥に染み通るような気持ちがしたものでした。緊張して聞いているためでしょう、数分間の朗読が終わるまでには、ずいぶん長い時間の過ぎたような気がしました。最後に「御名御璽」という結びの言葉を聞き、巻物が白木の箱に納められると、思わずフーッと大きな息を吐きたくなったほどです。ちなみに「御名」は天皇のお名前、「御璽」は同じくお印のことを言います。つまり、このお言葉の最後には、天皇陛下のサインがあり、印鑑が押されていますよ、という意味になります。

　この荘重な儀式は、ケンコにあらためて国民学校の生徒になった自覚を感じさせました。それを体験することで、ケンコの気持ちにはいままでなかったものが芽生えていったのです。幼稚園のころには見えていなかった「国」というものを、はっきり身近に感じられるようになったのが、そのひとつです。校長先生のお話には、よく「君たち少国民」という言葉が使われていました。これは年少の国民ということですが、国を挙げて戦争の危難に立ち向かっているこの時期、小学生も国民としての自覚を持ってほしい、という意味でした。ケンコは自分が大人と同じ日本人の一人になれたのだと感じ、それまで体験したことのない気分になりました。なんだか誇らしいような、誰かに自慢したくなるような気持ちでした。

ケンコたちの担任は大堀（おおほり）という、母と同じ年ごろの女性の先生でした。温かみのある、落ち着いた感じのする先生で、一年生にもよく理解できるように、わかりやすいお話をしてくださいます。学校の規則やこれからの予定について、先生の説明を聞いているうち、ケンコは不安なく学校生活に入っていけるような気持ちになりました。

やがて一年生の教室でも、授業が始まります。けれど、ケンコにはどの教科もやさしく感じられました。三つ年上で四年生になるニノンがいますから、ケンコは入学する前から、お下がりの教科書で、ひらがなもカタカナも読み書きできるようになっていました。

ただし、ニノンからもらった教科書と、新しい国民学校の教科書には、いくつか違うところもありました。たとえば国語の教科書では、以前は「サイタ　サイタ　サクラガサイタ」という文が最初に載っていました。それに対して国民学校の教科書は「アカイ　アカイ　アサヒガアカイ」から始まります。

「サクラ」の方は、日本の春の美しさ、春を迎えた喜びも感じられ、やさしい感じが伝わってきます。しかし、「アサヒ」の方は、力強く、とくに声に出して読んでみるといっそう勢いの良さが感じられます。たしかに朝日の昇ってくる姿には、外へ向かって大きく伸びていく、あふれんばかりのエネルギーがあります。これがその時代の気分というものなのでしょう。それは初めばかりでなく、教科書全体を通して流れている気分なのでした。

それ以外の教科、たとえば算数の教科書にも、戦争のイメージは色濃く込められていました。数の計算を習うページには、りんごやみかんではなく、飛行機やタンクなど兵器や武器の類いが用いられていました。

家で勉強してきているので、ケンコは授業で先生のお話しすることが、なんでもすらすらとわかります。ゆとりのあるせいで、つい隣の子とおしゃべりするくせがついてしまいました。やさしい大堀先生も見かねたのか、ある日、厳しくケンコに注意しました。実はケンコは、先生に叱られるまで、授業中勝手におしゃべりするのがいけないことだと知らなかったのです。こんなところはまだ、学校のしきたりがよくわかっていなかったのでしょう。それからは先生が授業を進めるあいだは、先生や黒板から目を離さないように心がけるようになりました。

　一学期の終わり、初めての通知表をもらう日がやってきました。おしゃべりを叱られたので、ケンコはあまり成績が良くないのではないかと心配でした。ところがもらった通知表を見ると、「音楽」「体操」だけが「良」で、あとはすべて「優」という、とても良い成績だったのでホッとしました。この時代は、「優・良・可」で評価され、「優」はクラスでも数人だけだったからです。

　でも家に帰って、ニノンに通知表はどうだったか聞いて、ケンコはびっくりしてしまいました。ニノンの成績は全教科「優」だというのです。いままではただ仲の良いお兄ちゃんと思っていたのが、初めてニノンが優秀な生徒であることがわかって、すっかりうれしくなりました。いつも家の中で見ているニノンとは違う、もう一人のニノンを知ったような気がしました。ケンコはニノンをすばらしい兄だと、あらためて誇らしく思ったのでした。

## 二

　夏休みになると、ニノンは助松海水浴場で開かれている、水練学校に通うことになりました。助松というのは、大阪市の南、堺市と岸和田市のあいだにある海辺で、ニノンは去年からここに通い、ずいぶん泳げるようになっていました。今年はクロール、平泳ぎだけでなく、背泳ぎも横泳ぎもできるようになって、千五百メートル遠泳にも参加するんだと張り切っています。

ケンコはまだ泳ぎ方を知りません。海水浴に行ったのも、去年が初めてでした。その夏は、母の弟で十九歳になる久男さんがもうすぐ兵隊に取られるので、新潟から別れの挨拶にやってきていました。そこで海に入ったことがないという久男さんといっしょに、父に連れられて浜寺の海水浴場に出かけたのでした。父は沖の方まで何度も泳いでいましたが、久男さんは波打ち際で子どもたちが遊ぶのを、まぶしそうに眺めているだけでした。

泳ぎもできず、やさしく笑っていた久男さんが血なまぐさい戦場に連れて行かれるのかと思うと、ケンコはなんだか気の毒になりました。子ども心に、戦争というものがふいに身近なものに思えて、寒気のするような怖さを感じたのです（これはあとでわかったことですが、久男さんは戦地で病死したため、二度とケンコたちと会うことはありませんでした）。

ニノンはあいかわらず、毎日元気に水練学校に通っています。どんどん水泳が上達するニノンを見て、ケンコはうらやましくてしかたがありませんでした。ところが、そんなケンコをかわいそうに思ったのでしょうか、母が「それなら助松海水浴場に毎日連れて行ってあげる」と言い出しました。去年の冬に重い病気にかかったばかりですから、治ってから半年足らずしか経っていません。まだ青白い顔色も気になりましたが、「海は健康にもいいから」と母が言うので、翌日からさっそく海へ連れて行ってもらうことになりました。母はよほど本気だったのか、電車の一ヵ月定期券まで買い、助松までの二時間近くかかる道のりを、ほんとうに毎日、ケンコを連れて通い続けました。

阪和線の美章園駅から乗って、鳳駅で羽衣線という支線に乗り換え、終点で降りると今度は南海電車で助松まで。羽衣駅から南海電車までの道や、助松駅から海水浴場までの砂地を、母とケンコは真夏の太陽に照りつけられながら、汗だくになって歩きました。母は半袖のブラウスを着ていましたが、白い腕が太陽に焼かれて、日に日に色濃くなっていき、とうとう食パンの皮のような小麦色になってしまいました。

何しろ炎天下を歩くのですから、喉が渇くのもひとしおです。海へ行く道すじには、氷水や冷やしコーヒーを売る店もありますが、母は衛生のことを考えて、いつも家から魔法瓶に麦茶を用意して来ていました。ほんのり甘い味のするお茶を飲みながらの道々、ときには小ぎれいな茶房でかき氷を食べさせてもらえることもありました。ケンコはいつも赤い色のイチゴ味、母は緑色の抹茶味です。ケンコはそれが楽しみで、でもときには氷小豆やアイスキャンデーも食べてみたいと思っていました。

そんなある日、波打ち際で遊んでいると、思いがけない人に出会いました。ケンコが波と戯れ、母は近くにパラソルを広げていたときです。波打ち際に沿って歩いてくる女の人が目に入りました。その人は海水浴に遊びに来ているようでもなく、道を歩くように砂地を踏んで近づいてきます。ちょっと不思議な気がしてその人の顔を見たとたん、目が合いました。

「まあ、こんなところでお目にかかるなんて」

母が驚いた声を上げたのも当然です。それはケンコの担任の大堀先生でした。先生もびっくりしたらしく、「いやぁ、ほんとうに」とその場にしゃがみ込んで、母と話をしていらっしゃいました。あとで聞くと、先生はケンコのことを「お勉強をよくなさる、とてもやさしい性格のお子さんです」とおっしゃっていたようです。

ケンコは学校という場でないところで先生にお会いしたことが、なぜかうれしくて、このときの先生の印象や、その場の光景が強く心に残りました。大堀先生はケンコにとって、何と言っても、初めての学校の先生だった方ですから、よけいにそう感じられたのでしょう。特別に影響を受けたというわけではありませんが、ケンコはいつも敬愛の情を持って、大堀先生に接していたのでした。

三

やがて秋がやってきました。二学期には運動会や遠足など、大きな行事があります。一年生にとっても、なかなか忙しい気分で通学する毎日が過ぎていきました。

十二月八日の朝のことです。目が覚めたときから、ケンコは家の中にただごとではない空気が流れているのを感じました。二階からそっと階段を降りてくると、ラジオが音高く響いているのに気がつきました。アナウンサーが同じ文章を繰り返して読み上げているようですが、何が伝えられているのかはわかりません。ただ、緊張した響きがそこに込められていることは、子ども心にも感じられます。

「ああ、ケンコ。日本が大変だよ。アメリカやイギリスと戦争することになったんだって」

降りてきたケンコに気づいて、母が教えてくれました。母もそのことがらの重大さを計りかねているようでした。けれど、その顔色や声の調子から、母が何か途方もなく恐ろしく、危ういものと日本の国が関わるようになった、と考えているらしいことは、ケンコにも感じられました。ケンコは急に胸苦しくなるような、不安に襲われました。

「大丈夫だよ。さあ、心配しないで、学校に行って来なさい」

母は励ましてくれましたが、やはりふだんとは様子が違っているようにケンコには思われました。これから先の日本は、いままでとはまったく違う未知の世界に進んでいくのかもしれない。そして子どもたちも、否応なく、そんな世界に押し出されていくのだろう。けれど、いまは無益な恐れを与えないようにしなくては。……そんなふうに、母は不安を噛み殺していたのかもしれません。

学校では、英米と戦争が始まったと、先生は初めに一言、言われただけでした。おそらく、めったなことは言えないと考えられたからでしょう。戦争については、それ以上、まったく何もおっしゃいませんでした。それでも心なしか、いつもの授業とは違って、教室の中に重苦しい空気が満ちているようでした。

ところが学校から帰ってみると、家の中の空気が朝と違って、だいぶ落ち着いているように感じられました。母の表情が朝に比べると、すっかり安らいでいたからです。そのわけはすぐにわかりました。お昼ごろのニュースで、戦争開始早々、日本軍の、ハワイで大勝利を収めたことが伝えられたのでした。世に言う真珠湾攻撃です。この日の未明、ハワイのオアフ島真珠湾にあるアメリカ太平洋艦隊の基地を、日本海軍の飛行機と潜航艇が攻撃したものです。

夕方、父が帰ってくると、さらにその空気は強まりました。父からもっとくわしい話を聞き、ほんとうに日本軍が大戦果を上げたこともわかったからです。翌日からは、「勝った」「勝った」という景気の良い言葉が、誰かれなく人々のあいだを飛び交いました。

お祝い気分のまま年が暮れ、新しい年、昭和十七年がやってきました。この年の二月から、戦争が始まった十二月八日を記念して、毎月八日に必勝祈願というしきたりが盛んに催されるようになりました。その日はそれぞれの家で日の丸を掲揚し、役所、会社、学校などでは儀式が行われます。神社やお寺でも、必勝を祈る行事が続けられました。

学校では、太平洋全域を示した地図が教室に配られました。いっしょに日本の国旗を表すシールが配られ、これを日本軍の占領した都市に貼っていくのです。数ヵ月すると、ほぼアジアの全域に日の丸シールが広がって、日本軍の進出していないところはないと思えるほどになりました。

新聞やラジオでずっと勝利ばかりが報じられるので、日本はいつも勝っているんだという高揚した雰囲気が、日常の暮らしにも染み渡っていきました。その一方で、これからもっと大変な難関に立ち向かうことを、国民に迫る言葉も盛んに投げかけられました。

とりわけ、「耐える」「不平を言わない」「鍛える」「負けない」「蓄える」――そういった言葉が、日に日に心を圧迫するように聞こえてきます。

まるで勝っても勝っても終わることのない戦争を、いつまでも続けなければならない、それが日本の国と国民に背負わされた運命のように思われてくるのでした。

一方で、次々に伝えられる情報は、輝かしい戦果ばかりではありません。戦争が長引くにつれて、戦いの犠牲となった軍人の名前が、日に日に新聞に載るようになっていたのです。それは命懸けで国のために戦い、勇ましい最期を遂げた人たちでした。名誉の戦死を遂げた軍人は「軍神」と呼ばれ、国のために果たした功績を称えられています。この人々こそ、国民、とりわけ子どもたちにとって、これ以上ない模範となる勇士でした。どうしたらこんな立派な人になれるのだろうと、あこがれを抱きながらも、ケンコには自分とはかけ離れた神様のように思われてなりませんでした。


そのうち、子どもたちのあいだにも、新しい動きが活発になってきました。同じ学校の生徒たちが住んでいる地域ごとにまとまって、「少年団」というものを結成することになったのです。

ひとつの集団ごとに旗が与えられ、三十人から五十人くらいの子どもたちが集まりました。最上級生がリーダーとなって、子どもたちを統率します。少年団の活動目的は、集団訓練にありました。ケンコたちが行った最初の訓練は集団登校です。毎朝、決められた場所に集まり、全員がそろうと整列して点呼を取ります。そしてみんなで登校するのですが、ただ歩くのではなく、軍歌を歌いながら行進したり、いっせいに駆け足したりするのです。

帰り道では、敵機の空襲にそなえる訓練をすることもありました。もしも爆弾を落とされたときを想定して、道路の端に寄って下水溝に伏せ、両手の指で目と耳を押さえます。これは爆風で目や耳に障害を受けないための訓練でした。

ニノンは四年生でしたから、上級生を助けて、直接に下級生を指導する役目を与えられていました。そうするうちに、上級生から、少年団を軍隊式の組織にしていく、という計画が示されました。最上級生を大将、中将、少将、五年生を大佐、中佐、少佐、四年生を大尉、中尉、少尉、三年生を曹長、軍曹、二年生を上等兵、一番下のケンコたちは二等兵、と軍隊のようにそれぞれ地位を決めて、規律ある活動をしようと言うのです。

身近にいる上級生たちを見ていて、早くあんなふうになりたい、とケンコはいつも思っていました。でも、それには何と言っても、強くならなくてはなりません。体も心も強い子になるんだ、ケンコはそう思わずにはいられませんでした。

# 第三章　強い子ども

一

強い子になりたい、というケンコの思いは、成長するにつれて強まっていきました。世の中が軍神を称え、子どもたちのあいだにも、軍隊式の少年団まで組織される時代です。とりわけ男の子は、どんな苦難にも負けない、どういう危険も恐れない、たくましさが望まれていました。

けれどケンコのほんとうの姿は、それとは違っています。むしろケンコは心のやさしい、穏やかな子どもでした。遊ぶときも戦争ごっこなどはあまり好まず、近所の女の子たちからおままごとに誘われると、お父さん役を喜んで引き受けるような男の子だったのです。

女の子はませていて、もう家庭を取り仕切るお母さんの役になりきっています。

「ケンちゃんはお父さんよ。私がお母さんなの。だからケンちゃんとは結婚してるのよ」

そんなことを言いながら、ごはんの用意をしたり、お風呂を沸かしたり、片づけをしたりと、いろいろお母さんの真似をして見せます。

「さあ、ごはんがすんだら、子どもたちは早く寝るのよ」

小さな三つ四つの弟や妹を寝かしつけるふりをして、

「お父さんはまだ早いから、お休みにならないわね。お話をしていましょうよ」

そう言いながら、目を見合わせて肩をくっつけてきたりします。そんなしぐさをされるのが、ケンコはなんだか恥ずかしくて、それでいて楽しくもあるのでした。

ケンコはときどき、ぼんやりと、自分はどんなお父さんになるのだろうと、想像してみることがありました。ケンコの父のように、元気で強くて、いつも明るく家族を笑わせているようなお父さんになりたいなあ、と思いますが、あんなふうになれるのかな、という疑問もありました。

おままごと遊びの仲間の宇野良子という子が、

「ケンちゃんはやさしくて、大好きよ。お友だちの中で一番好き」

と彼女の母親に話しているのを耳にしたとき、ケンコはとてもうれしく思いました。宇野良子は仲良しというだけでなく、ケンコが初めて好きになり、「女の子」を意識した子だったからです。それだけに、良子の言葉を聞いて、自分は父とは違って、やさしいお父さん、妻となる女の子や子どもたちを可愛がるお父さんになるような気がしました。

しかし、それでは戦争に行って、命懸けで戦うような勇ましい軍人にはなれそうもありません。やさしいだけでなく、勇ましく強い子になるにはどうしたらいいのか。まだ幼いケンコの頭には、そんな大きな疑問がいつも重くのしかかっていたのでした。

田村昭次君は、ケンコが小学校に入って最初にできた友だちでした。親しくなったきっかけは、教室の席が隣り合わせだったことです。担任の大堀先生が背丈の順に、二人ずつ並んだ机に子どもたちを座らせたので、背が同じくらいの二人が並ぶことになりました。昭次君は目立たない、おとなしい子どもでした。青白い顔に大きな目、体全体は太っています。と言っても、健康的に丸々と太っているのではなく、むくんだような太り方でしたから、どこか体に弱いところがあったのかもしれません。とくに手や指の動作が遅く、鉛筆や消しゴムを握る指の動きは、まるでゴム手袋でもはめているように不器用でした。

歩くときも、長靴を履いているみたいな動きで、一歩一歩たしかめながら歩いているようです。ケンコもほかの子に比べるとあまり機敏な方ではなく、のんびりしたところが多分にありました。そんなケンコでもあきれるくらい動作がのろく、何かを決めるときも、じれったくなるほど長いこと考えて、やっと決めるようなところがありました。

昭次君と隣り合わせになったことで、ケンコには悩みがひとつできました。それは体育の授業のときのことです。前の授業が終わるといっせいに着替えて、運動場か体育館に整列しなければなりません。一年生は必ず机の並んでいる者同士が手をつないで、全体の整列の中の決められた位置に付かなくてはいけないのです。しかし動作の遅い昭次君にはそれが難しいのでした。

ケンコは先に一人で行って列の中で待つか、それとも昭次君といっしょに遅れてみんなの中に加わるか、どちらかを選ぶしかありません。ですから、体育のときはいつも、先生に「もっと、すばやく、みんなに合わせないとだめだよ」「二人で気持ちをそろえて行動しないと、みんなについていけないよ」と叱られてしまいます。

ケンコは自分まで人並み外れたのろまな子どもだと思われるのが、とてもいやでした。せめて自分だけでも精一杯すばやく行動するようにがんばりましたが、ほかの人にはなかなかそんな努力もわかってもらえません。これはケンコが学校に入って、最初に経験した難問でした。

ある授業のときのことです。先生が黒板に問題を出し、前へ出て答えを書くようにと、昭次君を指名しました。ところが昭次君があんまりゆっくりゆっくり行動するので、たまりかねて注意しました。昭次君はそのことがよほどつらかったのか、席へ戻ってからしくしくと泣き出したのです。ケンコは隣でぽろぽろ涙を流している昭次君の顔を見て、つくづく昭次君の気の弱さがいやになってしまいました。

「そんなにいつまでも泣いてたらダメだよ」

つい、そう言ってしまったのですが、友だちにまで叱られたのが、よほど悲しかったのでしょう。昭次君はさらにとめどなく涙を流して、泣き続けたのです。涙をあふれさせては丸まった拳でそれをぬぐうものですから、目の周りが黒く汚れて、なんとも情けない顔になってしまいました。

そんな様子を見ているうちに、ケンコは自分まで悲しい気分になって、たまらなくなりました。そこで昭次君の胸ポケットに入っているハンカチを取って、涙ですっかり汚れた顔をふいてやったのです。やがて昭次君はケンコからハンカチを受け取って、自分で顔を何度も何度もぬぐっていましたが、そのうちいつのまにか泣きやんでいました。

そのことがあってから、昭次君はケンコに少しずつ親しみを見せるようになりました。動作がのろく、ほとんどものも言わない、いるのかいないのかわからないような昭次君を友だちにしようとする子は、誰もいません。そんなクラスの中で、昭次君はケンコをただ一人、頼れる友だちと思ったのかもしれません。ケンコはそれをあまりうれしいとも思いませんでした。けれど、昭次君一人では何をしてもうまくいかないとわかっていたので、それからは何かと助けてあげようと心がけたのでした。

遠足のときなど、とくにケンコが気を使ってあげたのがよかったのか、昭次君はだんだん元気そうになりました。二人で手をつないで、列に遅れないよう走っている途中、ふと昭次君がケンコの方を向いて、ニコッと笑顔を見せたことさえありました。それまで昭次君の笑顔を見たことがなかったので、ケンコはびっくりすると同時に、心の底がぽっと温められたようにうれしくなりました。それ以来、ケンコは昭次君を大事な友だちだと感じるようになったのです。

しかし、だからと言って、昭次君の動作が速くなったわけでも、ふだんの顔つきが明るくなったわけでもありません。依然として、昭次君は動きがのろく、ぼんやりと表情の乏しいままでした。でも、ケンコには、もうそんなことはどうでもよかったのです。ケンコにとっても、昭次君がいつも自分のすぐ身近にいるということだけで十分でした。

いつのまにか、ケンコも家族だけに囲まれた暮らしから、一歩外の世界へ向かって踏み出していけるようになっていたのです。

## 二

ところで、そんなケンコのことを、両親はどう考えていたのでしょうか。父も母も、まだ小さいケンコに自分たちの望みや願いを話すことはありませんでしたが、子ども心にも、親の思いは何となく感じ取れるものです。そのうえ、ケンコとニノンは性格が対照的なくらい違っていたので、ケンコは自分自身をニノンと比べてみることがよくありました。

今年も夏休みになると、ニノンは助松海水浴場の水練学校に通い出しました。水練学校では、ただの赤帽から始まって試験に合格するたびに、帽子に黒い線が入ります。黒線が三本になると、白い帽子に昇格します。今度は上達するにつれて赤い線が増えていき、三本になると、黒い線に変わります。この白帽に黒線が三本そろうと、全課程が修了となるのです。ニノンはすでに、白帽に黒線一本のところまで昇級していました。

千五百メートルの遠泳に合格し、今年は五千メートルに挑もうとしています。その合間に高飛び込みや潜水泳法の訓練も受けて、ニノンの体は真っ黒に日焼けしていました。背は低い方でしたが、いかにも力強く俊敏そうで、すっかり頼もしい男児に成長していたのです。

そんなニノンをケンコはうらやましく眺めるだけで、今年もまだ泳げそうにありません。去年は母がわざわざ一ヵ月近くも海に連れて行ってくれましたが、さすがに今年は行けそうもありませんでした。ケンコはときどき学校のプールに通うだけでした。父と母は、ケンコの様子を見ながら、この子ももう少しニノンのようにしっかりしてくれればいいのだが、と考えているようでした。

ニノンは水泳ばかりでなく、親に何か言われるより前に、どんどん自分で好きなことを見つけてやってしまうところがあります。将来は海軍の軍人になりたいという希望を持っていて、その希望の向かう先には、あこがれの山本五十六連合艦隊司令長官の勇姿が浮かんでいたのです。山本長官は真珠湾攻撃を成功させた英雄で、そのころの若者の多くが尊敬してやまない、軍人の象徴のような人物でした。ですから、ニノンはきっと海軍兵学校に入りたいと願っているに違いない、と両親は思っていたのです。

それに比べると、ケンコは可愛がって育ててきたためか、体が弱く、気持ちもやさしすぎるように見えます。両親の言いつけをよく聞き、母のお手伝いもよくする、無邪気で素直な子どもです。平和な時代なら、何も問題のない、良い子であるのは間違いありません。しかし、いまは何と言っても、男子は必ず兵隊に行って、戦場の厳しさにさらされる時代なのです。ただやさしいだけでは、大きくなってから苦労することが目に見えていました。

父は卓球の競技会などに、できるだけケンコを連れて行こうとしていました。それは、スポーツに打ち込む元気な若者たちの姿に触れさせてやりたい、と考えたからでした。ケンコにもっと強くなってほしい、何事にも粘り強く立ち向かい、苦しみに負けないがまん強さを身につけてほしい、といつも父は心がけていたのです。

二年生の夏休みもあと十日あまりを残すだけになったある晩、夕食のあとで、父が子どもたちに話しかけました。

「おまえたち、明日の土曜日、東條首相の演説を聞きに行かないか」

ニノンもケンコも、あまりに突然だったので、一瞬何のことかわからずに黙りこくっていました。

「実は明日、橿原神宮の運動場で全国体育大会があるんだが、東條首相が開会式の挨拶に来るんだ」

東條首相と言えば、戦争が始まって以来、新聞紙上で一段と多く姿を見せるようになった、日本で一番有名と言っていい人物です。陸海軍のすべてを率いて、米英と戦っている最高指揮官でもありました。そんな人を身近に見ることなど、めったにできることではありません。父はこの機会に、日本の戦争を導いている国のリーダーの姿を見せ、その肉声に触れさせてやりたいと考えたのでしょう。

「行くよ、ぼく。兄さんも行くだろう?」

ケンコは父の声に引っ張られるように、興奮した口調で答えました。ケンコは人の気持ちを思いやるやさしい性格であるだけに、感受性の鋭いところもありました。ですから父の提案した話に、まるで自分が歴史の一場面に立ち合うような高ぶりを覚えたのでした。

ところが、ニノンは、

「東條なんか見たってしゃあないわ。山本五十六ならええがなあ」

と、少しも興味を感じていないようです。この言葉に、ケンコの胸に燃え上がった興奮は、水をかけられた焚き火みたいにしぼみかけました。

こんなところにも、兄弟の性格の違いは現れているのでした。ケンコは東條首相も山本長官も、そのほかの有名な軍人たちにも、格別誰が好きとか、誰にあこがれるとかいう気持ちを持っていません。人間だけではなく、どんな物事についても、好き嫌いとか、どれが良くてどれが悪いとか、ものを選んで見る考え方をあまり好みませんでした。ただひとつの例外は、入学式に買ってもらった慶応型の式服だったかもしれません。

ところがニノンは、好き嫌いや自分の意見が、実にはっきりしているのです。ニノンの行動はいつでも、まず自分が何かを選ぶことから出発していました。ケンコはそれと違って、何でもまずいったん受け入れて、どのようなものでもまっすぐに向かい合おうとします。物事に素直に向かい、そこに何か学ぶべきものがあれば、こだわりなく受け入れる。その素直さが、ケンコの特徴でした。

「まあ、いいさ。兄弟それぞれが自分の考えを持っているのは、いいことだよ。お父さんは、おまえたちそれぞれが、自分なりの見方を持つことに賛成だ」

父が取りなすように言い、それからケンコにうなずきかけました。

「それじゃ、今回はおまえだけ連れて行ってやろう。ただし、明日は早起きだぞ、六時半には出発しなくてはいけないからな」

父の言葉に、ちょっと拍子抜けしていたケンコは、また気を取り直して「うん、わかった」とはっきりした声で答えました。

## 三

奈良県にある橿原神宮までは、ケンコの家から二時間以上かかります。しかも父は大会の役員を務めていますから、よけい早く行かなければなりません。父は早朝からいつでも出発できるように準備を整えて、その時間が来るのを静かに待っています。

そんな父の姿を見ると、ケンコはなんだか自分まで選手として大きな競技会に参加するような気がして、ぞくぞくするほど緊張感が高まってきます。ユニフォーム姿の若い選手たちを想像すると、あふれるばかりの生気が身に迫ってくる様子も頭に浮かんできました。

橿原神宮の外苑に到着してみると、想像した通り、大勢の人々が詰めかけています。人込みを縫って歩き、父はケンコを会場全体を見渡せる観覧席に連れて行きました。

「お父さんは役員の仕事があるから、ここで待っていなさい」

そう言って父が離れていってしまったので、ケンコは大人ばかりの真ん中に、一人で残されました。おとなしく席に着いたものの、何か場違いなところにいるようで落ち着きません。周りを見まわすのも気後れして、ケンコはじっとグラウンドばかり見つめていました。

　やがて、観覧席にザワザワとざわめきが起こりました。周りを見ると、席に着いていたのは大人ばかりではなく、その中の多くは若い学生たちでした。彼らはこれからグラウンドに降りて、開会式に出場するため、いっせいに動き始めたのでした。

　学生たちの移動が終わり、場内も落ち着いたころ、ようやく用事をすませた父が戻ってきました。父の顔を見てホッとしたケンコは、そっとささやきました。

「すごい人だったねえ。座席に着いたら、もうどこへも行けないかと思ったよ」

「全国から役員と選手が集まっているんだからなあ。こんな機会は東京の明治神宮とここ橿原神宮でしかないんだぞ」

　そう言いながらさも得意そうな表情を見せて、父は周囲をゆったりと見まわしています。学生たちの移動して空（から）になった座席には、あちらにもこちらにも校章や校名を染め抜いた、紺色や黄色や、色とりどりの旗が、強い風にはためいています。こんな風景を見るのは、初めてでした。父は卓球の競技会には、自分の試合のときも学生の大会のときも、しばしば連れて行ってくれます。けれど、この日のように、あらゆる運動競技の行われる大きな大会は、まったく見たことがありませんでした。

グラウンドでは、はつらつと若さにみなぎる選手たちが、早くも列を整えています。ケンコはこれまで運動にあまり興味を持っていなかったのですが、会場をおおう雰囲気に気分が高まってきました。人と競い合うことが何だか張り合いのある活動だと思えて、自分にも何かできる競技があるかもしれない、という気持ちさえ芽生えてきました。


開会式の開始時刻が、刻々と近づいてきました。いつのまにか、広い会場全体が水を打ったように静まり返っています。いまかいまかと待っているうち、観覧席の上の方からざわめきが伝わってきました。何だろうと顔を上げると、ケンコの右側、数メートルと離れていない通路を何人かの人々が下りてくるところでした。役員らしい人に丁重に案内されて、がっしりした一人の軍人の姿が近づくのが見えます。金色の分厚い肩章の付いた、いかめしい軍服の胸には、色彩鮮やかな勲章がいくつも輝いていました。

「東條首相がお出でになったんだよ」

父がいつになく敬語を使って話しかけたので、ケンコはハッとしました。そうです、今日この橿原神宮に来たほんとうの目的は、東條首相を見て、その演説を聞くことだったはずでした。

続いて、首相のあとから見事なほど真っ白な髪をして、純白の背広に身を包んだ、気品のある紳士が下りてきました。

「あの人は文部大臣だ。橋田邦彦といって、東京帝国大学の先生だった人だよ」

ケンコは初めて聞く名前でしたが、この橋田大臣こそ、ケンコたちの学んでいる国民学校を作り、戦争下のあらゆる日本の教育を推し進めている中心人物だったのです。

やがて開会式が始まり、真っ先に東條首相の開会挨拶が行われました。それは何という声音（こわね）でしょうか。こんな力のこもった人の声を、ケンコは聞いたことがありません。腹から発せられた音を、体全体を楽器として、広大なグラウンドの隅々まで響かせているようでした。人々は青々した畝傍山（うねびやま）を背景に、まるでその場に植えられた樹木のように立ち尽くし、全身でその声を受け止めています。

しかしまだ八歳にもならないケンコには、首相の演説の内容はわかりません。そのかわり、黒縁の眼鏡や、その奥の鋭い眼差し、白くて強（こわ）そうな口髭、蠟（ろう）人形のように冷たく、表情のない顔をじっと見つめていました。ケンコが子ども心に感じたのは、国家の重大な危機に最高指導者の背負っている責任の重さ、務めの厳しさといったものでした。

もしケンコが大人並みの語彙を持っていたなら、このときの東條首相は、おのれの感情を一切押し殺して、ひたすら自分の務めに献身し続けようとする指導者の顔、と表現したかもしれません、米英という世界最強の国をあえて敵にまわして、いま、日本は大戦争を進めているのです。その顔には、日本の運命を自らの手に握っている人物の、固い覚悟が秘められているようでした。

東條首相の演説を聞いているうち、ケンコはニュース映画でときどき見る、ドイツの首相ヒトラーのことを思い出しました。ヒトラーも魔術的な演説で聞く者を酔わせると言われていましたが、まだ幼い、ドイツ語など知らないケンコでさえ、その声の響きには驚かされたものです。映画ではヒトラーの演説を聞く群衆が、次第に興奮し、ひとつの巨大なエネルギーの塊(かたまり)となっていく様子もありありと映し出されていました。

それに比べて、東條首相の演説は聞く者を感動させると言うより、有無を言わせず従わせる力にあふれていました。聴衆を厳しく叱正して平伏させてしまうような、比類ない圧力を感じさせるものでした。

その次に挨拶に立ったのは、橋田文部大臣です。文相の声は対照的にあくまで細く、東條首相のような威圧感はありません。老学者が若い学生に諄々(じゅんじゅん)とものを説き聞かせるような、と言ったらよいでしょうか。そんな文部大臣の挨拶を耳にしながら、ケンコはふと『ヨイコドモ』(国民学校の「修身」教科書)の言葉が思い浮かびました。

「日本は世界に一つの神の国」

「このよい国に私たちは生まれました」

そして、いま、自分が立っているここ、橿原神宮がはるか昔、神武天皇が第一代の天皇として即位された地であり、それから二千六百年に及ぶ歴史の基礎が築かれたことなども、思い出されてきます。ケンコはあらためて、今日は父に連れて来てもらってよかったなあ、と思いました。

その夜、床についてから、ケンコは昼間見た光景を思い起こしながら、いろいろと考えをめぐらせていました。そのうちに、ひとつの情景がはっきりと心の中に浮かんできたのです。広い運動場で見た、たくさんの若者たちが一人一人、白線の引かれたスタートラインから走り出して行きます。しかし、その走って行く先に待っているのは、運動場のゴールラインではなく、弾丸が雨霰（あられ）と降り注ぐ戦場なのです。

いまの日本の若者に期待されているのは、死をも恐れず、どんな場面でもひるまない強さでした。そんな強さを、いつか自分も身につけることができるのだろうか。そう考えると、ケンコは、そのような強さから、自分がまだはるか遠いところにあるという思いを抱くのでした。

# 第四章　国民学校優等生

# 一

ケンコはもともとおとなしい、聞き分けの良い子どもでしたが、国民学校に上がっても変わりませんでした。しかし夏休みに橿原神宮外苑で聞いた東條首相の強い口調の演説が、内容はわからないままに胸に響いたのは確かでした。それが「強い子になりたい」という気持ちをさらに高め、ケンコの行動にも影響を与えたのでした。

思い切ったことのできない慎重な性格に、少しずつ積極性が出てきたのです。そのせいもあって、ケンコは二学期も残り少なくなったころ、足の骨を折るという大ケガをしてしまいました。みんなで騎馬戦をして遊んでいるとき、近くにいた上級生にぶつかられてウマの上から転落してしまったのです。

ウマの乗り手になって、ほかのウマの乗り手と激しい取っ組み合いをしてみたい、とめずらしく積極的になったのが、かえって失敗でした。このために三学期はほとんど学校に通えず、週に一回、父の背に負ぶわれて病院に通わなければなりませんでした。

父はもうだいぶ重くなったケンコを背負って、黙々と病院通いを続けてくれました。父の首筋に浮かぶ汗を目にしながら、ケンコはいつもすまない気持ちでいっぱいでした。

それでも、ケンコは自分の中の何かが変わったように感じて、その失敗にも意味があったと思っていました。これからは、もう以前の弱い自分に戻るのではなく、一歩一歩、強い自分に近づいていくのだ、そんな決意を心に刻みつけたのでした。

三年生になると、この学校では三年生だけが、本校から少し離れたところにある分校に通うことになっていました。この地域の子どもたちの数がたいそう多く、本校の校舎だけでは全学年を収容できなかったからです。三年生の選ばれた訳は、この学年が学校生活にすっかり慣れたころであること、そして上級生も下級生もいない環境の中で、高学年に向けて新たな成長を期待される年ごろだからでした。外から言われるだけでなく、自分たちの力で物事を判断したり、仲間に働きかけたりする力を養わなければならない時期だったのです。

本校では上級生の五、六年生が学校行事の運営や日々の生活の上で、大きな役割を担っています。たとえば週番活動では、朝礼から清掃、放課後の活動、下校時の状況の確認まで、学校生活を進めるために必要な仕事がたくさんあります。大きな行事ともなれば、計画、準備、会場設営、当日の運営、片づけ、さらに予算の計上や会計の仕事まで、子どもたちの参加協力がないとうまく進みません。

ですから、たとえ分校という小さな規模でも、日々の学校生活の運営には、本校の上級生に劣らない活動が求められるのです。そのため、子どもたちも三年生になると、だんだんこれまでとは意識も違ってきます。自分たち自身でまとまって、力を合わせて、毎日の生活を進めていこうという自覚まで出てくるのでした。

ケンコの場合、二年生の後半にいろいろな経験をしたり、大きなケガから回復して新しい気持ちになっていたりしたせいもあって、そんな三年生の生活にもすんなり順応することができました。

「今年はいままでできなかったことが、思い切ってやれるぞ」

ケンコはまず何より、予習と復習をしっかりやることで、成績が全体として向上するように心がけました。日々の生活リズムも自然に整って、母から言われなくてもきちんと登下校し、勉強に、手伝いにと、良い生活習慣が身についていきました。その結果、一学期の成績は一、二年生のときより向上し、すべての学科にわたって格段に安定してきたのでした。

## 二

学校に入ってから三度めの夏がやってきました。今年の夏には、前々から願っていた切実な目標があります。「今年こそ、ぜったい、泳げるようになること」です。

夏休みに入ると、三年生は学校のプールで一週間の水泳訓練がありました。泳げる子と泳げない子は別々に分かれて、先生から指導を受けます。ケンコは泳げない組で、プールのへりにつかまってバタ足練習をするのですが、ただそれだけで、期待したような進歩は何もありませんでした。

二日めに、それぞれどのくらい泳げるか、先生に見てもらうことになりました。泳げません と言ってプールの中を歩く子、バタ足で数メートル泳いでみせる子、いろいろです。自分の順番が来たとき、ケンコはどうしようかと迷いました。すると、とまどっている姿を歯がゆく思ったのか、先生が背中を軽く押したのです。あっという間に、ケンコは水の中に落っこちていました。

ケンコは夢中で手足をバタバタさせましたが、どちらが上か下かもわからず、ただ目の前をブクブクとあぶくがまわっています。ケンコは溺（おぼ）れるという恐怖感でいっぱいになりました。けれどそれはほんの数秒のことだったようで、足がプールの底に届いてみると、背の立つ浅いところだとわかりました。

頭を上げてみると、先生の笑っている顔が目に映りました。笑ってはいるけれど、何だかあきれたような、ばかにしたような顔つきだったので、ケンコは悔しかったのと同時に恥ずかしくてたまりません。

　しかし、このできごとがきっかけになって、なぜか次第に水が怖くなくなっていったのです。顔をつけてのバタ足は、その日のうちにできるようになり、数日後には、クロールをしながらときどき顔を上げる動作が、曲がりなりにもできるようになりました。こうなると、もっと泳げるようになりたい、今年からは泳げるようになるぞ、と水泳上達への意欲がさらに湧いてきます。

　水泳訓練の最終日、学校から帰ると、ケンコは、

「今年は水練学校に行ってもいい？」

　と勢い込んで母に尋ねました。

「ああ、いいよ。いつでも手続きしておきなさい。お金は出してあげるから」

　母はそう言うと、

「男の子は泳げるようにならないとね。戦争に行って泳げないと、久男みたいに戦地に行ってからきっと苦労するよ」

　母がそんな先々の心配までしていてくれたとは、ケンコは想像もしていませんでした。

　たしかに、水泳はただのスポーツではないのです。いつか兵隊になって戦地に行ったとき、もし泳げなかったら、と思うとゾッとします。戦争ですから、軍艦に乗せられて海へ乗り

出すかもしれないし、大きな川を渡るかもしれません。でもいまから練習しておけば、きっと上手になれる、とケンコはさらに決心を固めました。

ケンコの通う水練学校は、ニノンの行っていた助松の学校より近い浜寺にありました。もちろん、ただの赤帽からのスタートです。しかし、そんなことは気になりませんでした。これから本格的に水泳を身につけるんだと思うと、ケンコはうれしくてなりませんでした。水練学校に通うには真夏のカンカン照りにも耐えねばなりませんでしたが、ケンコは一日も休まず通い続けました。

七、八人の班に一人ずつ先生がついて、手を取って一人一人に正しい泳ぎ方を教えてくれます。ケンコの班の先生はまだ若い人で、少しでも上手くなるとほめてくれるので、みんな兄のように慕うようになりました。天候の悪い冷える日には、焚き火で暖を取りながら、ハマグリを焼いて食べさせてくれたこともあります。

こうして水練学校の修了するころには、赤帽に白線を一本入れてもらうことができたのです。母に白い布を赤帽に縫い付けてもらって、ケンコはさっそくそれをかぶってみました。鏡に映すと、得意そうに笑っている顔がこちらを見ています。ケンコは生まれて初めて、運動のできることがどんなにすばらしいかを知りました。

すると、毎年、全国体育大会に監督として出場している父が、どれほどすごい人か、いまさらのように思わずにはいられませんでした。何事にも熱心に取り組み、大勢の若者たちを指導し、引っ張っていく父。そんな父と将来のことまで気を配り、深くいたわってくれる母の下で過ごせる幸せを、ケンコはつくづく感じました。

## 三

二学期が始まってまもなく、ケンコは母から思いがけないことを言われました。

「もうすぐ、お母さんに赤ちゃんが生まれるんだよ。おまえも学校があるけど、産院までときどき荷物を届けたり、お手伝いお願いね」

ケンコはびっくりしました。もう少しすれば、ケンコは九歳になります。自分はずっとこの家の末っ子のままだろうと思っていたのが、弟か妹かわからないけれど、いきなり兄になるなんて。

けれど振り返ってみると、三年生になってから、ケンコはもっとしっかりしようと決心して、勉強も水泳もがんばってきました。そのことと、兄になるという事実とが、運命のように結びついているようで不思議な気持ちになりました。何か大きな力が、自分の背を押して、一歩一歩、大人に向かって成長させているようにさえ思われました。

母が入院した産院は、家から歩いて十分ほどのところにあります。学校から帰ると、ケンコは産院へ母の着替えを届け、洗い物を持って家に帰りました。ケンコは行くたびに母の顔を見るようにしていました。お産の日の近づいてくるにつれ、母は眠っていることが多くなりました。

ある日、学校から帰るのが遅れて、日の沈むころになって、産院に駆けて行きました。産院の扉を開けると、受付の女の人が、

「お母さん、今日、赤ちゃんを産みはったよ」

と笑顔で声をかけてきました。ドキドキしながら母のいる部屋へ入っていくと、少し疲れた顔つきでしたが、母は笑って迎えてくれました。母のベッドのそばには、赤い顔の小さなゴム人形のような赤ん坊が眠っています。思わずどんな手をしているのか見ようと近づくと、

「きょうはまだ、お顔を見るだけにしておいてね」

と看護婦さんから注意されてしまいました。初めて見た、生まれたばかりの赤ん坊は何とも頼りないものでした。すっかり暗くなった夜道を帰りながら、ケンコは自分もいま見てきたばかりの赤ん坊みたいに、弱々しい、頼りない姿でこの世に生まれてきたんだなあ、としきりに思われて、不思議な気持ちになりました。

ケンコの誕生日は昭和九年九月二十九日です。ちょうど母の出産予定日が近づいたころ、関西地方はかつてないほどの大暴風雨に襲われました。これは室戸台風といって、阪神地方に甚大な被害を与え、昭和の三大台風と呼ばれたものです。母はひどくなるばかりの風雨の中、お腹にさらし木綿をしっかり巻いて、停電のために真っ暗闇になった部屋で蠟燭を灯して、何とか不安に耐えたのだそうです。こんな気丈な母のがんばりのおかげで、台風が過ぎ去ったあと、無事にケンコは生まれたのでした。

ケンコは母からよくこの話を聞かされていたので、まるで自分が体験したできごとのように、誕生のときのことを心に刻みつけていました。自分が母の懸命な努力の結晶のように生まれてきたことを思うと、もっとしっかりしなくては、そしていつか母のためにも役に立つ人間にならなければ、とあらためて思うのでした。

二学期が終わったとき、ケンコの成績は学級で一番にまで上がっていました。苦手な水泳のできるようになったこと、妹が生まれて兄になったこともあって、ケンコは自分でも三年生になったばかりのころに比べると、しっかりしてきたなあと感じていました。そうした変化が、学業の上にも反映されてきたのでしょう。

お正月も過ぎ、三学期が始まりました。まもなくケンコは担任の先生から、思いがけない言葉をかけられたのでした。

「君は今学期、級長に任命されることになったよ。しっかりやりたまえ」

ケンコはびっくりしました。一、二年生のとき、副級長になった経験はありましたが、級長になったことはまだなかったからです。級長になると、桜の花の印が二つ並んだ記章を胸につけることになります。自分がその記章をつけるなんて、とケンコは家に帰ると、勉強部屋で躍り上がって喜びました。生まれてから、こんなにうれしかったことはありませんでした。

ただ、そんな心の中を見透かされるのは恥ずかしいし、級長になったのを有頂天になること自体が愚かしいと思えましたから、顔にはけっして出さないように努めて登校していました。それでも、ときどき友だちから、

「ケンちゃん、このごろ、うれしそうだね」

などと言われてしまいます。そのたびにハッと気づいて、ケンコは、（しまった、やっぱり顔に出てしまうんだ、ばか！）と自分を戒(いまし)めるのでした。

# 四

二月の半ばを過ぎた土曜日のことでした。授業は半日で終わり、みんなが帰宅するときに、ケンコは担任の先生から、そのまま教室に残っているように、と言われたのです。何の用だろうと思いながら待っていると、少しして教室の扉が開きました。

「ケンちゃん、先生が教員室まで来て下さいとおっしゃってるわ」

そこに立っていたのは、隣の組の級長を務めている宇野良子でした。宇野良子は家も近く、幼稚園のころまではよくいっしょに遊んだ幼なじみです。ケンコが初めて淡い好意を抱いた女の子でもありました。けれど、学校に上がってからは、男の子と女の子は自然と親しく遊んだりしなくなります。家の近所で顔を合わせる以外は、ほとんど話をすることもなくなっていました。それが二人とも三学期に級長になったことで、これからはいっしょに活動する機会ができるかもしれない、とひそかに思っていたのです。

良子と肩を並べて教員室へ行くと、担任の先生ともう一人、年輩の女の先生が待っていました。

「さあ、来た来た。二人とも、今日は大役だよ」

担任の先生はそう切り出してから、

「実はなあ、学校の地域から出征された兵隊さんが二人、英霊になって帰ってこられたんだ。その葬儀に、君たち二人に学校を代表して出席してもらうことになったのだよ」

先生の言われるには、これから年輩の先生に焼香の仕方など葬儀の作法を教えていただき、よくわかったら、午後二時に二人で葬儀場に行きなさい、ということでした。年輩の先生は、二人に「それでは私の学級の教室に来て下さい」と先に立って歩いて行かれます。急いであとについて行きながら、ケンコと良子は顔を見合わせました。ケンコは何となく不安なままでしたが、良子はちらりと笑顔を見せて、ケンコの視線に応えます。良子ちゃん、落ち着いてるなあ、とケンコは思い、こんなときに良子がいっしょにいてくれて、ほんとうによかったと思いました。

先生は丁寧にわかりやすく教えて下さり、二人は少し自信のようなものが出てきました。あとは自分たちで支え合ってやれば、ちゃんとできそうに思えます。ケンコは降って湧いたようなこの務めが、初めての大役であるにもかかわらず、良子といっしょに任されたことでなぜか楽しく感じられました。

お昼ごはんをすませ、先生に書いてもらった地図を頼りに葬儀場へ向かいます。出征兵士の家の前らしい広い道路を通行止めにして、会場が設けられ、もうたくさんの会葬者も集まっていました。

受付をすませて、指定された座席に座りましたが、周りは大人ばかりです。自分たちが目立っているようで、ケンコはちょっと気になりました。それでも二人そろって級長の記章を付けているので、学校代表だということはわかるはずです。

祭壇には二人の兵士の遺影が並べられていました。二人とも海軍で、一人は兵曹、もう一人は水兵でした。遺影の青年たちはまっすぐに前を見つめ、まじめそうで、やさしそうな表情をしていました。こんなに若く、ごくふつうの青年たちまで、激しい戦地で死ななければならなかったのかと思うと、ケンコは肩に何か重たいものがかぶさってくるようでした。それはケンコが生まれて初めて、人の死というものを厳粛に受け止めた瞬間だったのです。

葬儀はしめやかな空気の中で進んでいき、やがて、

「北田辺国民学校学童代表殿」

司会者の呼び上げる声に、二人はそろって立ち上がりました。歩みをそろえて、祭壇の前に進み出ます。祭壇の兵士たちの遺影を見つめると、黒白の幕や飾られているたくさんの花々が、目に飛び込んできます。そろって一礼し、習った通りに焼香をすませ、もう一度深くおじぎをしたとき、足もとに雨に濡れてやや湿った黒い土が目に留まりました。

無事に元の席に戻って着席すると、ケンコは大きな責任を果たしたようで、ホッとしました。と同時に、焼香に立って戻るまでの一瞬一瞬の動き、目に映った光景が忘れがたい体験として記憶に残るように感じました。

葬儀のあと、二人で帰り道をたどるころには、すでに真っ赤な夕陽が西の空に輝いていました。きれいな夕焼けが、鮮やかに雲を彩っています。二人はしばらく無言で歩いていましたが、急に良子が話しかけてきました。

「ケンちゃんは海軍なの？　それとも陸軍？」

「そんなこと、まだ決めてないよ」

「でも、いつかは戦争に行くことになるのね」

ケンコは何も答えられませんでした。良子もやはり戦争のことを考えていて、しかもケンコがやがて出征して行くときのことまで思いを馳せていたのです。ケンコは何と言ったらいいか、どうしても言葉が出てきませんでした。

三学期も残りわずかになったある日、ケンコは母から、良子のことについて思いもかけない話を聞かされました。

「宇野さんのお宅、急に引っ越しすることになったんだって。おまえ、良子ちゃんと仲良しだったから、淋しいわねえ」

内心びっくりしながら、それでもケンコは驚きを顔に出さず、静かに母の言葉を聞いていました。

その後、春休みに入って何日かしたころ、ケンコが外出から帰ってくると、母が声をかけてきました。

「ついさっき、宇野さんがご家族みんなで挨拶にいらっしゃってね。良子ちゃん、ケンちゃんに会えないで行くのが残念だと言ってたよ」

ケンコは別れる前に、もう一度、良子の顔が見たかったなと思いました。しかしまた、顔を見られなかったのがかえって良かったかもしれない、そんな気もするのでした。

それにしても、良子の一家はなぜ、急に引っ越していくことにしたのだろう。その答えはすぐに思い浮かびます。戦争のせいに違いありません。良子の両親はこれから起こるかもしれない、いろいろな恐ろしい可能性を考えて、大阪からもっと安全な土地へと移っていこうとしたのでしょう。

ケンコの頭に、近ごろしきりに話題になりだした「疎開(そかい)」という言葉が、思い浮かびました。日本本土への初めての空襲は、昭和十七年の四月、ケンコたちがやっと二年生になったころです。このときは東京、名古屋、神戸などが襲われましたが、まだ小規模で被害も大きくはありませんでした。しかし開戦からしばらく続いた日本軍の快進撃も止まって、戦局の次第に悪くなるにつれて、平和だった暮らしがどんどん変わっていくようになりました。それがいよいよ自分たちの身のまわりにも迫ってきたのです。

良子のようにやさしくて、賢く、きりりとした美しさをそなえた少女とは、もう二度と会えないかもしれません。そんな良子と別れたことは悲しく、淋しいことですが、これからはもっと大きな困難や苦しみが待ち受けているかもしれないのです。これくらいのつらさに負けてはいられないんだ、とケンコはそんなふうに思い直していました。

# 第五章　まっ黒な少年

一

昭和十九年になると、内地で暮らしている国民にも、戦争の一段と緊迫していることが想像できるようになりました。前の年の四月に、ニノンの崇拝していた山本五十六大将は、前線視察の途中、ニューギニアのブーゲンビル島で飛行機が撃墜され、戦死していたのです。このころから、戦争はこれまでと一変して、守勢に転じていることが、誰の目にも明らかになりました。

前年の秋には学徒出陣の式典の様子が、ニュース映画によって広く伝えられました。この時代、大学生など高等教育を受ける学生は、同年齢男子の五パーセント以下で、貴重な人材でした。そのため、ふつうは二十歳で兵隊に取られるところ、卒業後まで猶予されていたのですが、戦局の悪化で学生までも徴兵されることになったのです。それは日本がもう抜き差しならぬ瀬戸際に立たされていることを、象徴するできごとでした。

さらに日本と同盟して連合国と戦っていたイタリアが降伏し、もうひとつの同盟国ドイツも次第に守勢に立たされていたのです。戦争は遠い国外の前線で戦われるものではなく、一般国民の身のまわりにも迫ってきていました。そこで東京や大阪では、国民学校の四年生から「疎開」と言って、田舎の親戚や縁故のある場合は、そこへ学童を移住させることが勧められるようになりました。

ケンコのクラスも五月ごろまでは、一人、二人と疎開する者が出始める程度でしたが、六月に入ると急にその数が増えていきました。毎日のように、櫛(くし)の歯が欠けていくように、教室から子どもの姿が消えていくのです。毎朝登校しても、残り少なくなった生徒たちが、教室のあちこちにちらばるように座っています。その様子は見るからに寂しげで、何とも言えない無力感の漂うものでした。

ケンコの家でも、父と母は、親戚の家に一時疎開させてはどうかという話し合いを始めていました。親戚というのは、父の義理の弟に当たる叔父さんの家のことです。叔父さんは四国の徳島県、鴨島というところで旅館を経営しています。

ケンコの父は、吉野川の流域で古くから旅館を営むこの家に、長男として誕生しました。ふつうならそのまま旅館を継ぐべきところですが、四国の田舎町にも新しい時代の息吹が伝わっていたせいでしょう。父は生まれ育った故郷で、旅館の亭主として一生を過ごすのでは、生まれてきた甲斐がないように思ったのです。

そこで十五歳のとき、東京で印刷会社を経営していた叔父を頼って、家を飛び出しました。実家は妹に譲り、自分一人で身を立てるつもりだったのです。叔父の印刷工場で働きつつ、蔵前職工学校に通い、さらに東京美術学校で製版技術を学びました。こうして五年間の努力が実り、二十歳になると、実業学校教員の資格を得ることができました。

猛烈な勢いで近代化を進めていた日本は、近代産業を担う技術者の育成を、何より必要としていました。そのため、実業学校では新進の指導者が切望されていたのです。父の選んだ進路は、その意味で、時代の要請とぴったり合っていたと言えるでしょう。

こうしてまだ少年の面影を残しながら、父は二十歳という若さで、実業教育の世界に飛び込んでいきました。自立できた喜びをエネルギーに変え、持ち前の情熱を技術者を育てる教職に注ぎ込んだのです。

このような経緯がありましたから、ケンコの向かおうとしていた疎開先は、父の生まれた家であり、父の妹夫婦の家でもありました。一年ほど前、法事の際に、ケンコは家族みんなと、この叔父叔母の家に泊まったことがあります。そのとき、とても良くしてもらった印象があったので、ケンコ自身、あの家なら行ってみたいと思っていました。

ところが、これには母が厳しく反対しました。母の反対の理由は、疎開生活はそんな甘い考えではやっていけるはずがない、というものでした。法事のときはお客さんとして訪ねたのであって、ふだんの生活も同じようなものだと思っていては大きな間違いだ、と母は言うのです。いくら親戚の子だといっても、何から何までお世話になるわけだから、先方もそう甘い顔ばかりはしてくれない。

しかも旅館の仕事が忙しいうえに、もともと子どもの多い家なのだから、さらによその子の面倒を見るのは大変なはずだ、と母は想像しているようでした。ですから、世話になるケンコ自身がよほど賢く、しっかりしていないと、いつか生活も乱れてだらしない子どもになってしまうかもしれないというのです。

たしかに、一人で疎開させるのは不安が多い、という母の考えはもっともでした。だからといって、いまの学校ではもう十分な指導が受けられないのもたしかです。そこで、ともかく一度は縁故疎開を経験させてみよう、それがあるいは将来の役に立つかもしれない、という父の意見で決着しました。

母は最後まで納得しかねるようでしたが、少しでも問題の起こらないように、考えられる限りの注意を与えてくれました。ケンコも母の心遣いがうれしく、言われたいろいろな忠告はしっかり守るようにしようと、心に刻みつけました。

いよいよ出発の日がやってきました。四国まで父は付いてきてくれますが、やはり母との別れはケンコにとって何よりつらいものでした。母とこんなに遠く離れて暮らすのは、生まれて初めての経験だったからです。門を出るとき、母と母の背中に負ぶさっている小さな妹の顔が、じっとこちらを見つめていました。しかしケンコは、これからの生活の厳しさを心に留めて、しっかりと行動しなくては、という気持ちの方が強かったので、あまり別れのつらさに流されることはありませんでした。

ただ、家が遠ざかるにつれて、いろいろなことも思い出されてきます。生まれ育った家には、さまざまな思い出があふれています。幼稚園のころのこと、とりわけ母と行った遠足の楽しかったこと、小学一年の夏休みに海に一ヵ月ものあいだ連れて通ってくれたこと。それに、幼いころから親しくしていた宇野良子のことも、懐かしく思い出されました。良子とはもう二度と会えないかと思うと、残念さがいっそうつのるのでした。

大阪から徳島へ行くには、まず天保山から船に乗り、小松島まで行きます。初めのうちは、見慣れない海の景色に目を遊ばせていましたが、船が淡路島近くに差しかかると、船内の雰囲気は一変しました。淡路島の由良海峡側に要塞があるので、そばを航行する船から窓の外を眺めることが禁じられていたのです。いよいよ海峡に近づくと、いっせいに黒い幕が窓に掛けられました。

戦時中とは言いながら、しばらくのあいだ、船の中は暗く、陰気な空気に覆われました。旅客たちはみな押し黙り、船が由良の要塞を通り過ぎるのをひたすら待っています。ケンコはこんな雰囲気を経験するのは、初めてでした。

何とも言えない不気味で暗い、この空気の背景には、戦争があるのです。これからは、ますます戦争の影が身近に迫ってくるのだと思うと、ケンコはいやでもそれを知らねばならないのだろうと、あらためて不安な思いに駆られるのでした。

## 二

叔父さんの旅館は「阿波(あわ)」と言います。父のふるさと鴨島は小さな町で、国民学校が一校と、和洋裁を教える女学校が一校あるだけでした。けれど、大山製糸と前田製糸という大きな製糸会社が二つあり、両社とも高い煙突が町の中で目立っていました。とくに前田製糸では、本業の製糸業より飛行機の胴体製造に力を入れていました。

町の中心部には、昭和座という芝居小屋があります。戦争が行われている中でも、ほとんど休みなく旅回りの一座や劇団が興行を続けていました。出し物は時代劇が多いようで、人気も高く、町の人々や近在の村の人たちでいつも満員でした。

父とケンコが到着したのは夕方で、その晩は、叔父さん、叔母さん、お祖母さん、五人の子どもたちといっしょに夕食をとることになりました。この家での生活の仕方や学校のことなど、ケンコのこれからの暮らしについて、いろいろ話し合ったりもしました。

ケンコが寝起きすることになったのは、一階の元は客室だった広い部屋でした。ここには、父の弟で出征している人のお嫁さんと、二人の幼子が暮らしていました。お嫁さんは「ヒデやん」と呼ばれている三十歳くらいの人で、子どもは上が三つくらい、下はまだ赤ん坊でした。

ヒデやんは大柄で、声も大きく、活発な反面、細かいところにもよく気のつく、やさしい人でした。この旅館の調理場で働いていますが、とても働き者で、叔父さんと叔母さんにも頼りにされているようでした。

夜は、ヒデやんや子どもたちとふとんを並べて、川の字になって寝ることになりました。ヒデやんはこれからの暮らしの要領をケンコに教えてくれたので、ケンコはハイ、ハイ、と素直に返事をして、静かに聞いていました。母からよく言い聞かされてきたこともあり、ケンコはヒデやんの言うことを守って、その通りにふるまうよう気をつけました。そんな様子を見ていたのでしょう、ある日、ヒデやんは、

「ケンちゃんは、礼儀正しくて、ほんとうに良い子ね」

とほめてくれました。そうして、

「ケンちゃんのお母さんは、きっと、よほどしっかりした人なんでしょうね。ケンちゃんを見ていると、それがよくわかります」

と母のことまでほめてくれたのです。ケンコはその言葉に、とても力付けられました。

ところが、ケンコは着いて早々にジフテリアにかかって、二週間ばかり、旅館から少し離れたお祖父さんの家に隔離されました。ようやく体も元に戻って、あと一週間で学校が始まります。

治ってからの一週間は退屈だったので、二学期が始まるのをケンコは心待ちにしていました。田舎の学校では、大阪と違って、ランドセルを背負って学校に行く子どもはほとんどいません。布のカバンを肩から下げるか、風呂敷に教科書やノートを包んで持って行くようでした。ケンコはニノンの古い布カバンをもらってきていたので、それを使うことにしました。

服装にも、徳島と大阪では違いがあります。こちらではみんな長ズボンで、ケンコのような半ズボン姿は誰もいませんでした。大阪の家では、子どもに長ズボンをはかせる習慣がなかったので、ひとつも持ってきていません。しかたなく、ケンコはたった一人、半ズボンをはいて学校に通うことになりました。半ズボン姿は見るからに都会の子らしく見えるので、冬になって長靴下をはくと、いっそうみんなとは様子が違ってしまいます。

さいわい髪だけは、三年生のときから坊ちゃん刈りをやめて、丸刈りにしていたので、みんなといっしょでした。

ケンコが持ち物や服装や髪型を気にしたのは、初めての場所に入っていくときには、周りの人たちとの調和が気になるものだからです。そのほかに、言葉の違いもあります。学校が始まって、みんなの中にすんなり溶け込めるだろうか、うまくやっていけるだろうかと、ケンコは明日からの学校生活が少し心配になりました。

三

二学期の始業の日、ケンコはいとこの二人といっしょに登校しました。一人は孝ちゃんという三年生の女の子、もう一人は俊男という一年生の男の子です。旅館の前の道に出ると、道路の向こう側に徳島線の線路が走っています。その道を二分ほど進んだところで、鴨島駅の前に出ます。駅前の広い通りをさらに進み、藤井食堂というお店の前を抜けていくと、やがて田んぼがずっと続いています。その向こうに鴨島国民学校の校舎が見えるのでした。

「ケンちゃんは四年だから向こうの校舎じゃろ。わしはこっちじゃ」

学校に着くと、俊男はそう言って校舎の左側へ歩いて行きます。少し行ったところで振

り返って、

「学校から帰ったら虫取りに行こうな」

と声を張って言いました。ケンコはうなずいてから、右側の校舎に入っていきました。

ケンコは初登校の日ですから、まず担任の先生のところに行き、それから先生のあとについて教室に向かいます。担任は森先生といい、まだ若い、きびきびした感じの男の先生でした。先生といっしょに教室に入ると、ガヤガヤしていた子どもたちが一瞬、静かになりました。

「今日からこの組に入ることになった永広健君だ。健君は大阪から疎開してきた。戦争のあいだ、親元を離れて叔父さんの家で暮らすことになっている。みんな、仲良くしてあげてくれよ」

先生が言うと、誰かれとなく「ハイ」「ハイ」という声が上がりました。

「健君の席は、そうだな。次郎の隣がいいだろう。次郎、教えてやれ」

「ハイ」

次郎と呼ばれた子は、すぐ手を上げて、隣の席を指さして教えてくれました。クラス中のみんなにまだ見られているような気もしましたが、ケンコは与えられた席に腰を下ろして、少しホッとしました。教室の空気の落ち着いたところで、森先生が、

「さて、今日は作文を行う。題は――」

黒板に大きな、力強い字で、『夏休みの出来事』と書きました。それからしばらく、みんなは何を書くか頭をひねったり、鉛筆を削ったりしていました。ケンコもいろいろ考えました。徳島へ来てからのこと。不慣れな新しい生活でいきなり病気になったりしたこと。しかし、やはり大阪を発つ日のことが強く心に焼きついていました。

鉛筆を手にして書き出すと、次々に思い出すことが頭に浮かんできます。ほとんど鉛筆の止まるまもなく、一気に書き上げることができました。

「あと、二分だぞ」

時間を告げる森先生の声が聞こえたときには、ほぼ完成に近づいていました。こんなに、頭の中にあることがぐんぐん書けたのはめずらしいなあ、と自分でも思えたほどです。ケンコは作文の出来に満足して、転校して初めての授業を終えました。

学校から帰ると、朝の別れ際に約束した通り、俊男が長い竿の付いた虫取り網を持って待っていました。お昼を食べて、さっそく虫取りに出かけることになりました。三歳の順ちゃんという妹が虫かごを手にしてついてきました。

旅館の裏手は、ずっと田んぼが続いています。あぜ道を行くと、まだ九月半ばにもなっていないのに、もうトンボがスイスイ飛び始めていました。

「もうちょっとしたら、赤トンボもヤンマも塩からも、ぎょうさん飛んで来るきに、おもしろいよ」

俊男はそう言いながら、先に立って、あぜ道をどんどん歩いて行きます。ケンコは順ちゃんの手を引いてやりながら、あとをついていきました。しばらくあぜ道を駆け回っていましたが、気がつくと、俊男が三匹のトンボを捕まえて指に挟んでいます。

さすがに田舎の子だなあ、とケンコは虫取りの腕前に感心してしまいました。さっそく順ちゃんの持ってきた竹カゴにトンボを入れ、三人はあぜ道に座って休みました。九月とはいえ、まだまだ強い太陽が頭の上から照りつけてきます。ケンコと順ちゃんは帽子をかぶっていましたが、俊男は何もかぶっていません。頭から汗がだらだらと流れるように落ちているのに気にもせず、取ったばかりのトンボに夢中で見入っています。

大阪でも、草むらでバッタやカマキリを捕まえて遊ぶことはよくありましたが、身近にこんなにたくさんのトンボが飛んでいるのを見たことはありませんでした。

やっぱり、田舎に来てよかったなあ。

ケンコはふと、そう思いました。あぜ道に座っていると、なぜか心までゆったりと落ち着いてくる気がします。暑い陽射しが降り注いでいても、青く澄んだ空の下、夏の終わりの田舎道は平穏そのものでした。東京や大阪のような都会では、戦争の迫ってくる空気が日増しに濃くなっていました。けれど、ここはただ静かで、草の香りがむせるように漂っているばかりでした。

翌日の授業では、前の日に書いた作文について取り上げられました。森先生はいきなり、「今日はすばらしい作品を発表するきに、みんな、よう聞いとけよ。永広、昨日の作文をみんなの前で読んでみてくれ」

ケンコはびっくりしました。あの作文は、自分でも不思議に思うほどすらすら書けましたが、そんなに良くできていたのかなあ、と首をひねりたくなります。先生から作文の用紙を受け取ると、立ち上がって大きな声で読み始めました。

『出発』

疎開、とうとうぼくも疎開に行くことになった。学校では、今学期に入って四年生の各組で、一人また一人と疎開に行くようになってきた。五月ごろまではそれでも半分以上の子どもが残っていたので、まだ心強い感じだった。それが六月の半ばを過ぎるころになると、いつのまにか、教室のあちこちが空っぽになったようにさびしくなって、わずか十人足らずの子どものひっそりと座っている組がふつうになってきた。

「おまえ、いつ疎開するんや」

「ぼくの家は田舎に親戚がないから、どこにも行かれへんわ」

そんな話が聞こえてくる。

いつからこうなってしまったんだろう。戦争が始まったとき、日本は真珠湾攻撃に成功して、勝った勝ったとあんなに威勢も良かったのに。

やはり戦争はきびしいんだ。勝つことはあっても、形勢が悪くなることもあるんだ。いま戦っている兵隊さんたちにつづいて、いつかぼくたちも国のために戦わなければならないときがやってくる。そのときのためにいまは疎開して、空襲から身を守っていかねばならない。これも銃後の戦いなのだ。だからぼくも疎開をしてやがて戦うときがくるまで、勉強をしたり、体をきたえたりして待っていなければならない。

そう考えると、お父さんやお母さんのそばを離れて、今日疎開に行くことはけっしてさびしいという感じがしなくなってきた。

疎開に出発する日が来た。

ぼくは、四国の徳島のおじさんの家に行くのだ。いろいろ荷物をお父さんがチッキで前に送ってくれたので、手に持っていくものはそれほどない。ニノン兄ちゃんが以前使っていた下げカバンをもらって肩にかけ、あとは風呂敷包みにおにぎりを入れて、お父さんといよいよ出発することになった。

朝はまだ早かった。霧がかかったような薄暗い中を、ぼくとお父さんは家を出た。家の門には、お母さんが妹を背中におぶって出てきた。ぼくはお母さんの手をしっかりと握って「行ってくるよ」と言うと、お母さんはニッコリ笑って「元気でね」と励ましてくれた。そのとき、妹も笑顔で手を振っていた。

急に涙が出そうになって、ぼくは歩きながら何度も何度も後ろをふり返った。お母さんと妹の姿が遠くなって、やがて角を曲がって見えなくなったとき、もうこれからは初めて一人で生きていかねばならないと決心した。

どんなことがあっても、それはやり通さねばならない義務でもあるのだ。それが一人一人の少国民として、果たさなければならないつとめなのだ。そう考えると、いままで感じたことのないほどの勇気がぐんぐんとわいてきた。終。

「よく書けているなあ。みんなは健のような厳しい体験をしていないから、毎日ぼんやり暮らしているかもしれないが、いまは子どもでも戦争の真っ只中を生きているということを、しっかり考えていかねばならない。わかったか」

森先生はそうおっしゃって、ケンコの作文をほめると同時に、組の子どもたちのみんなが、戦争の厳しさをもっと感じながら暮らしていかねばならない、と教えられました。

　この学校では、午前がふつうの学科の授業、午後は天気が良ければ必ず農作業、と決まっていました。午前中は学習が中心なので、ケンコは得意な算数や国語、図画工作などで力を発揮することができます。けれど、午後は大変でした。農作業などまったくやったことがないのですから、みんなのすることを見て、ただまねをする以外に方法がありません。

　まねをすると言っても、鍬（くわ）やトンガという土を掘り起こす道具の使い方にはコツがあるらしく、なかなか難しいのです。鎌を使うにしても、ケガをしないように仕事をこなすのは、簡単なことではありません。草取りをするときは、枯草を素手で引き抜くので、ちょっと間違うと手のひらや指が切れて、血もにじんできます。ケンコはいつも血のにじんだ手になってしまうのでした。泣きたいような気持ちになることもありましたが、それでも歯を食いしばってがんばりました。

　ただ、励まされたこともあります。同じ組の仲間がほんとうに気持ちの良い子どもたちばかりで、農作業の方法を教えてくれたり、手伝ってくれたりするのです。ケンコも次第に、つらさよりもみんなと仕事をしていくことがおもしろく感じられるようにさえなっていきました。

# 四

ケンコには、新しい友だちができました。

一番親しくなったのは、同じ大阪から家族みんなで疎開してきた服部君、お寺の子どもで将来はお坊さんになるという岡田君、組の中でもっとも勉強がよくできて、体操も上手なうえに声もきれいな級長の髙野君でした。そのほかにもたくさんケンコをいろいろと助けてくれる友だちができました。

ケンカでは誰にも負けないという阪本君も、その一人です。勉強のとき、いつもケンコが教えてあげたり、ノートを写させてやったりするので、すっかり仲良くなって、何かとケンコを守ってくれるようになりました。

それから、ケンコはここへ来て初めて知ったことですが、組の中には、この地方で昔から不当に差別されている人たちの子どもがいました。実は、ケンコの隣の席の次郎がそうでした。

ケンコは前に、島崎藤村という作家が明治時代に書いた『破戒』という小説を読んだことがあります。この作品は被差別部落に生まれ育った小学校の先生が、生い立ちを隠せ、という父親の戒めを破って、ついに子どもたちの前で身分を偽っていたことを詫び、告白する、というものでした。ケンコはこの小説を読んで、身分を隠さなければ、まともに同じ人間として扱ってもらえない人のいることに、衝撃を受けました。

次郎がそういう生まれの子だと聞いて、ケンコは、こんな差別がいまでもなくなっていないことに驚きました。それを思うと、日本の国がまだほんとうに進歩した国とは言えないように思えてきました。たしかに、戦争は恐ろしいことに違いありません。けれど、世の中に人間を差別するような考えがいまだに残っていることにも、ケンコは大きな不安と疑問を感じました。

どうして、こんなことが許されているのだろう？　それは子どもにとっては大切な学科の勉強だけでなく、世の中を支えている法律や、そのほか多くの大事なことがら以上に根本的な問題なのではないか、とケンコには思えました。

同時に悲しく思ったのは、こんな差別の問題にどんなに疑問を抱いても、すぐにはどうすることもできないということです。何もできない自分が、それでも何かできることはないか、とケンコは考えました。そして、せめて自分は差別されている友だちにやさしく、温かく接することだけでも心がけよう、と決心したのでした。そんなケンコの気持ちが伝わったのか、次郎はだんだん喜んでケンコと遊ぶようになりました。

ある日のこと、次郎が「ケンちゃん、明日、わしんとこへ遊びに来いや」と誘ってくれました。明くる日、次郎が教えてくれた川原まで行くと、約束通り、次郎がニコニコしながら待っています。次郎はとても元気な子で、赤い頬をした田舎の子どもらしい少年でした。ケンコは次郎のことを「太陽君」と呼んでいました。ただ、それはケンコ一人だけが呼ぶあだ名でした。その子の印象が、明るくて勢いのある太陽によく似ていると思ったからです。

太陽君はケンコを川原のそばの自分の家へ案内しました。その家を見て、ケンコはびっくりしました。太陽君の家は川の流れとすれすれの岸辺に立っていて、家のわきには、流されてきた木くずやゴミなどが打ち上げられています。家そのものも、カヤと板で囲った粗末なもので、牛小屋か納屋のように見えました。それでも太陽君は気後れする様子もなく、ケンコを家の中に誘い入れました。

中には狭い部屋があって、小さなちゃぶ台があります。その上に置いたお盆に、焼菓子のようなものがお皿に入れてありました。太陽君はそれを持ってきて、「食べてくれよ」とケンコに差し出しました。ケンコは断るのも悪いような気がしましたが、どうもあまりおいしそうには見えません。お昼ごはんをすませてきたばかりでおなかもいっぱいだったので、「ぼくはいいよ」と遠慮すると、太陽君は気にする様子もなく、一人でバリバリとその焼菓子を食べています。

外へ出ると、近くから「モー」と牛の鳴き声がして、牛が川原のそばで草を食べているのが見えました。草原の道には、ところどころに牛の糞(ふん)が落ちています。乾燥した牛の糞が風にふわっと舞い上がり、砂煙のように広がったので、むんむんする草の臭いと牛の糞の臭いで、鼻の穴がムズムズしてきました。ケンコは大阪では経験したことのないその臭いに、田舎の自然をあらためて感じました。

ケンコと太陽君は、日が沈むころまで、川原で虫取りをしたり草原を走り回ったりして、たっぷり遊びました。帰るとき、太陽君がそれこそ太陽みたいに明るい笑顔を輝かせて、ケンコにそっと言いました。

「ケンちゃん、今日は楽しかったなあ。ケンちゃんだけだよ、わしのことをばかにしないで友だちになってくれたのは。家まで遊びに来てくれたのも、ケンちゃんが初めてだ」

うれしくなったケンコは、送ってくれるという太陽君と肩を組んで、田舎の道をしばらく歩きました。ふり返ると、太陽君の小さな家が広い草原の向こう、川っぷちに繁る木々の陰に、いっそう小さく、森の小人の家のように見えています。そして川の水をきらきらと光らせて、本物のお日様が真っ赤に輝きながら、野の果てに沈もうとしていました。

太陽君と別れて家路をたどりながら、ケンコは今日一日のことを考えてみました。ひょっとしたら、誰かが太陽君のところへ遊びに行ったことを、からかうかもしれないと思ったのです。でも、そんなことがあったとしても、自分は太陽君をたくさんの友だちの一人として、これからも変わらずに大切にしていこう。ケンコは胸を張るような気持ちで、家へ向かって歩いて行きました。

## 五

秋が深まり、学校の農作業は稲の刈り入れが始まりました。稲刈りは上級生の仕事なので、ケンコたちは刈った稲を束ねて運ぶ役割を担っていました。ケンコ自身は稲を束ねることに慣れていないので、運ぶ作業だけが午後のあいだ、ずっと続くのです。

「おーい、空に変わった飛行機が飛んでいるぞ」

ある日、誰かの叫び声に空を見上げると、見たことのない銀色の飛行機が、一筋の白い雲を後ろに引きながら、ゆうゆうと飛んでいます。あまりにも高いところを飛んでいるので爆音が聞こえないのも、不気味でした。空の高さからすると、ものすごく大きな飛行機であるようにも思われます。

そのうちに、あれはアメリカの爆撃機だという噂が伝わってきました。神戸とか大阪とかの大都市に爆弾を落とすために、遠くから飛んできたのかもしれません。いままでの日本には、こんなすごい飛行機はなかったことだけは、子どもたちにもはっきりわかりました。ケンコは何だか人間と人間との戦いというより、空想科学小説に出てくる宇宙人の奇怪な兵器と戦争しているような、空恐ろしい気持ちになりました。あんな飛行機が攻めてくるのだと思うと、これから日本はどうなってしまうのだろうと、いっそう心配がつのってきたのです。

そうは言っても、田舎の子どもたちは、まだまだのんきなものでした。敵の飛行機が我が物顔に空を飛んでいても、大阪の学校のように地域ごとに少年団を作って集団登校したり、避難訓練や防火訓練をしたりといった、戦争を想定した活動はほとんどありません。平和な時期と同じように、つまらないことをして叱られたり、無意味なケンカをしたりして過ごしていたのです。

ケンカと言えば、ケンコが驚いたのは、田舎の子どものケンカの激しさでした。都会の大阪ではたいてい一人対一人か、せいぜい二、三人の小競り合いのようなものでしたが、徳島では気の強い、腕力に自信のある子ども同士が衝突すると、血が流れるのではないかと思えるほど激しい争いになるのです。しかも、どこに隠し持っているのか、それぞれ竹刀の鍔（つば）だの何かの金具だのと武器まで持ち出してきます。たちまち、まるで果たし合いでも始まるような空気がその場に立ち込めます。鉛筆削り用の小刀や切り出しナイフも、いつ凶器に変じるかわからないのです。

なぜ、そこまで激しく憎み合うのか、ケンコはあきれるばかりでした。しかも、こういう場面でも、誰かが先生を呼んでくることはほとんどありません。子どもの世界は子どもだけで成り立っているらしく、大人に仲裁を求める考えもないようです。

あるとき、学校の裏庭で、利かん気の子どもが十数名の集団に囲まれて、危険な雰囲気になったことがありました。この集団は一人の子が親分になっていて、子分たちを支配しているグループでした。いまにも火花が散ってつかみ合いになるという瞬間、級長の高野君が飛び出してきました。

「お前も阪本も、今日はこらえてくれや。これ以上やると大変なことになるやろ。なっ、なっ」

そう言って、必死に割って入ったので、どうにかケンカは収まりました。ケンコは高野君の肝っ玉のすわっていることや行動力に感心しましたが、同時に級友たちの高野君への信頼感にも感じ入りました。これは都会の子どもたちにはほとんど見られない姿でした。

田舎の子の、仲間同士で結束する力は、とても強いものです。その一方で、信頼できる相手には、自分を抑えて物事をゆだねる、あっさりした気性があるのでした。

恐ろしいくらい激しく感情を燃え上がらせる反面、いつまでもくよくよと気にすることはないようです。理屈っぽく言葉をこねまわす都会の子とは違って、ケンコには田舎の子の心の中は外からでもよくわかるように思いました。怒っているのか、喜んでいるのか、悲しんでいるのか、思っていることが隠さずに顔や態度に表れてくるからです。上辺と本心とが違いがちな都会の生活からは、こんな正直さは育たないようにケンコは思いました。

しかし、人と人とが激しく対立する傾向は、クラスや学校の中だけで見られるものではないのでした。隣り合った町や村のあいだでは、もっと激しく、昔からの習慣のように憎み合っているのです。

たとえば、国民学校で近くの山などに遠足に行ったときのことです。目的地までの行き帰りには、隣町や近隣の村を通り過ぎるわけですが、その町や村の子どもばかりか大人まで、激しい反感をあらわに示してくるのでした。引率の先生が付いていても、それを抑えることはできないほどです。自分たちの土地、領分を許しもなく通っていくこと自体がとんでもなく悪いことのように考えているのか、強く罵（ののし）ったり非難したり、脅すようなふるまいさえして見せます。あげくは石を投げつけたり、棒のようなものを振りかざして殴りつけてくる始末です。都会に住んでいる人には、とうてい考えられないような猛々しい敵意でした。いったい、この人たちはふだん、どんな不満や憎しみを抱えて暮らしているのだろう、とケンコは恐ろしくなりました。

さらに驚いたのは、同じ組の子どもたちが、こうした敵対行動を予測していたらしいことです。仲間同士でケンカをするときと同じように、隠し持っていた武器を取り出して、相手を迎え撃とうとするのでした。ケンコはほんとうにびっくりして、足がすくんでしまいました。すると級友たちが気を使ってくれて、

「おまえはこの辺のことはよう知らんやろ。早う逃げてしまえばええんや。ケガせんうちに、早う早う」

と急き立てます。ケンコはただただ怖くなって、田舎道をどんどん走って逃げました。ようやく隣村の子どもたちが追ってこないところまでたどり着くと、ハアハアと荒い息を吐いて立ち止まりました。遠くの方で、組の仲間たちがまだとどまって、攻めてくる相手方を防いでいるようです。よくあんなことができるものだと、ケンコは仲間たちの勇気に感心しました。また、こういった争いの場で、ふだんはわからないような力を発揮する子どものいることにも驚きました。おとなしく目立たない子が猛然と戦っているのを見ると、ケンコは何だか底の知れない不気味なものを覚えました。

おそらく、こういう争いごとはずっと昔から、村々のあいだで行われてきたのでしょう。

やはり、その地方には独特の、そこに住む人でなければわからない習慣や、それを通して養われる気質があるのです。その土地に不慣れな都会の人間が、疎開すればもう安心と暮らせるわけではないことも、しみじみとわかってきました。

そう考えると、徳島に来る前、母がケンコの疎開に反対し、気楽に考えていてはいけない、と繰り返し教えてくれた深い意味も、やっとわかったような気がしました。もっとこの地方のことをよく知って、注意深くふるまいながら暮らさなければならないのだな、とケンコはいまさらのように感じていました。

## 六

徳島の学校は大阪とはいろいろな違いがありましたが、特徴的なのは音楽教育に力を入れていることでした。ケンコは学科の勉強は得意なかわり、音楽や体育はあまり上手ではありませんでした。大阪の学校では体育、ことに器械体操を熱心に教えていたので、体操の苦手なケンコは目立った活動もできず、残念な思いをしていました。徳島でも音楽の時間は活躍の場がないので、おしゃべりして叱られないようにおとなしく過ごしていました。

ただ、ケンコは音楽そのものにはずっと興味を持っていました。その関心を満たしてくれたのは、鴨島の国民学校で高等科の生徒が中心になって活動する音楽隊でした。高等科というのは、六年生を終えた生徒がさらに二年間学ぶ過程のことです（戦後では中学校の一、二年生に相当します）。

音楽隊は学校生活のあらゆる場面で活躍していたので、とても目を引きました。朝礼や儀式のとき、会の進行に応じた曲が演奏されると、参加している生徒たちも自然に気持ちが引き立てられます。それによって、生き生きした会場の空気が作り出され、気分も盛り上がるのでした。

厳粛な雰囲気を醸し出したり、躍動感のある空気を作り出すだけではありません。ときにはユーモラスな楽しい場面を演出することもありました。たとえば校長先生が子どもたちに向かって礼をするとき、その動作に合わせて、太鼓、シンバル、大きなラッパみたいな吹奏楽器も「ブンチャカ、ブンチャカ、ブンチャカチャ」と調子よく音を響かせます。それを耳にすると、ケンコはいつも愉快な気分になるのでした。

また、この楽隊は、鴨島駅の駅前で、出征して行く兵士を送る壮行会などでも演奏をします。そんなときは勇ましく、気分を高揚させる楽曲を奏でますが、兵士を送り出したあと、辺りがしーんと静まり返り、いつもの田舎町に戻ったときの寂しさは、子ども心にも何とも言えないものでした。

学校生活や町の暮らしの、いろいろな場面で活躍する楽隊を見ていると、ケンコは深く心に感じることがひとつありました。それは演奏する高等科の生徒たちの姿に、自分の得意なもので力を発揮する満足感があふれていることです。真剣な目を輝かせ、楽器演奏に取り組む生徒たちは、若者らしい誇りにみな胸を張っていたのです。

この時代、若者の行く道は、やがて軍人か兵士になり、国のために命を捧げることしか考えられませんでした。それは血みどろの戦場におもむき、どんな恐怖にもひるまず、まっしぐらに死に向かって突き進む道です。けれどこの楽隊の生徒たちから伝わってくるのは、音楽を奏でることそのものに喜びを見出している、幸福な少年の姿でした。その姿は、いつもケンコをホッとさせてくれました。それは生きている人間らしい、平和で、喜びに満ちたものだったからです。

人間の幸福とか、生きる喜びということを、ケンコはときどき考えることがありました。楽隊の演奏を聞くことにも喜びがありますが、それはその時間だけに限られたものです。もっと永く続く、激しくはなくてもしみじみとした幸福はないのだろうか。そんなとき、いつも心に浮かんでくるのは、父と母と兄や妹とともに暮らしていた、あの平穏な生活の思い出でした。

――やっぽり、ぼくにとって一番大切なのは、お父さんやお母さん、ニノンたちと過ごした一日一日の生活だった。

でも、いまのケンコは親元を離れて、徳島で疎開生活を送っています。楽しかった思い出にひたってばかりいるわけにはいかないのです。そんなケンコを支えてくれるのは、学級の友だちと担任の森先生でした。

子どもにとって級友は何にも増して大切なものですが、とくに毎日午後に行われる農作業では、ケンコにとって友だちはなくてはならない存在でした。級友のほとんどは農家の子ですから、農機具の使い方も農作業の手順も、空気を吸うようにごく自然に身につけています。せっせと土を耕し、草を取り、そのほかのことも、目的さえ決まっていれば先生の指導がなくてもどんどん仕事を進めていくのです。作物の成長の様子をじっくり点検している様子などは、もう一人前に見えるのでした。

初めのうち、ケンコはみんなの手際の良さにあっけにとられているだけでしたが、とにかく見よう見まねで鍬を取り、鎌を振るってみました。そうしているあいだに、ケンコもだんだん友だちに溶け込んでいけるようになりました。ケンコの動作がまずいときや危なっかしいときは、必ずそばに来て、手を取って教えてくれるからです。

ですからケンコにとって、学級の仲間は、ただ仲の良い友だちというだけではありませんでした。すぐ身近にいて、いつでも頼りがいのある兄のような存在だったのです。級友にこんな気持ちを抱いたことは、大阪では一度もありませんでした。徳島に来てほんとうに良かったと感じるのは、そんなときです。大阪にいるときには知らなかった、友だちに対する信頼感は、ケンコに人間と人間の関わりのすばらしさを感じさせてくれました。それは学校生活の中で初めて感じることのできた、身に染みる幸福な気持ちでもありました。

こうして友だちに助けられながら働くうち、ケンコは自分の体が土を耕したり、泥んこの田んぼに入って汗だくで働いたりすることに少しずつ馴染んでいくのが、わかるようになりました。

もう、ぼくは田舎の子どもになったんだな、ケンコはそう自覚できるようになったのです。振り返ってみると、大阪にいたころのケンコは、とにかく体の弱い子どもでした。国民学校に入学した当初は、ふつうの学級ではなく、虚弱な子の通う学級の方がふさわしいかもしれない、と思われたくらいだったのです。実際、大阪の国民学校には、虚弱児童学級という特別な学級がありました。ちょっとのぞいてみたこともありますが、その学級の担任の先生はかなりお年寄りで、ふつうのクラスより少人数でひっそりと勉強しているようでした。何だか寂しそうで、そこに進んで入りたいとは思えませんでした。

そんなころを思い返してみると、何といまのケンコは元気なことでしょう。自分でも同じ子どもとは思えないくらいです。真っ黒に日焼けして、田舎の子どもらしく、いつもノミヤシラミに嚙まれた跡が手足に残っています。でもそんなことは気にもせず、友だちと相撲を取ったり、鬼ごっこをして走り回ったりするのが何より好きな、自然のままの子どもになっていたのです。大阪の母が見たら、あきれてしまうかもしれないほど汚い姿でした。それでもケンコ自身は、自然の中でのびのび暮らせる生活に心から満足していました。

担任の森先生は、親元を離れていながらもケンコが毎日楽しそうに学校に通ってくるのを、好ましく見ていてくれました。ただし、森先生はただやさしく見守ってくれるだけではありません。厳しさの中にもまた、ケンコに強い影響を残してくれたのでした。

冬休みも終わって、みんなが宿題の工作を持ってきたときのことです。それらの作品の中で、ケンコの作ってきた戦車がとくに色彩に実感もあって、先生はたいそう感心しました。ただ、材料の紙が弱いものだったので、いまひとつ見栄えのしない作品でした。

そこで先生はケンコに堅いボール紙を与えて、「これで、もう一回、作ってみないか。できたら、展覧会に出してあげよう」とおっしゃいました。ケンコはさっそく、もう一度戦車を作り始めました。部分部分の型紙は順調に仕上がっていき、いよいよ組み立てる作業にかかりましたが、ここで問題が起こったのです。ノリシロ部分にノリを付けて貼り合わせるのが、どうやってもうまくできないのでした。分厚いボール紙は、文房具店で売っているふつうのノリでは、十分にくっつけることができないからです。

一生懸命貼り合わせて戦車の形がやっとできたと思うと、瞬く間にノリシロが離れてしまい、ぐしゃっとつぶれてしまいます。何度ノリをベタベタにつけても、粘り気のないノリではボール紙を貼り付ける力がないのです。先生は、

「もう少し待って上げるから、何とか完成してごらん。そうしたら展覧会に持っていってあげるよ」

と励ましてくれましたが、やはり無理でした。上級生の女の子も、「先生、少し手伝ってあげてよ」と言いましたが、森先生は首を振って、

「だめだよ。やはり自分自身で完成したものでなければ」

と言って、けっして手を貸してくれようとはしません。とうとう、戦車は最後まで完成できずに終わってしまいました。

ケンコは残念で仕方ありませんでしたが、森先生は、

「これだけがんばったんだから、その点は良くやったとほめてあげるよ。物事に真剣に取り組むのは、健のすぐれたところだ。そのがんばりだけは、いつまでも大切にするんだよ」

と、やさしく頭をなでてくれました。せっかく先生に与えてもらった図工の発表の機会

を逃したのは悔いが残りましたが、先生がこれほど自分を応援してくれていると思えば、ケンコはうれしくてなりませんでした。家族と離れて暮らしているケンコにとって、温かく見守り、力づけてくれる森先生は、父の身代わりのような存在に思えたのです。

## 七

そんな森先生とのお別れは、突然にやってきました。

ある冬の朝、学校に行くと、みんなが口々に「森先生、戦地に行くんや」と叫んでいるのです。

まもなく朝礼が始まると、校長先生からさっそくこのことがみんなに告げられました。いつもなら担任の先生は学級の列の前に立つはずですが、今日の森先生はこちらを向いて壇のそばにいらっしゃいます。校長先生のお話のすんだあと、森先生が壇に登りました。朝の光に照らされた先生の顔は、いつも以上に元気そうで、熱気でほてっているように見えました。先生は大きく目を見開き、みんなの顔をしばらく見つめてから、やおら口を開きました。

「ぼくはこれから、戦争に行かなければならなくなった。行くからには、力いっぱい戦ってこようと思う。明日から君たちと過ごせなくなるのは残念だが、ぼくがいなくても、みんな元気にがんばってくれ。若者はどんなときでも元気をなくしてはいけない。いつも元気に生きるんだぞ」

ケンコは先生のお話を聞きながら、先生がだんだん遠くの方へ行ってしまうような寂しい気持ちになりました。一人で徳島に来ている寂しさの中で、ほんとうのお父さんのように慕っていた先生までが、明日からいなくなってしまうのです。

教室に戻ると、いつものように森先生がやってきましたが、今日は授業はせずに、みんなにお別れの挨拶をするだけでした。挨拶の最後に、先生は、

「明日はもう出発なので、今日の午後、ぼくの家にお別れに来てくれる者は誰でも来てくれ」

と言われました。先生が教室を出て行かれたあと、みんなは口々に「わしも行きたいなあ」「おまえも行くやろ」などと言い合っています。ケンコもぜひ行きたいと思ったので、仲の良い友だち一人一人に尋ねると、みんなも行くということでした。

お昼ごはんをすませて、鴨島駅へ行くと、もう学級の友だちが十人くらい集まっています。隣の牛島駅までの切符を買って待つあいだにも、友だちの数は増えて、汽車を降りたときには十五人ほどになっていました。

駅から田舎道を二キロほど歩いて、先生の家に着くと、先生はにこにこと顔をほころばせて、みんなを迎えてくれました。ふだん学校にいるときの表情とはまったく違って、小さな弟たちを迎えるやさしいお兄さんのようです。

みんなを家に迎え入れて、先生のお母さんがこうおっしゃいました。

「今日は、息子の出征のために、たくさんの生徒さんに来ていただいて、ありがとうね。この日を祝っておこわを作りましたから、たくさん食べてくださいな」

さっそく、みんなは食卓の周りに集まって、茶碗によそわれた温かいお赤飯をいただきます。ケンコはあまりお赤飯を食べたことがなかったので、何だか堅くて食べにくいものだと思いましたが、これが先生とのお別れの食事だと思って、最後の一粒まで残さずにいただきました。

食後には、ザラメの砂糖をまぶしたせんべいが出て、ケンコはみんなといっしょに遠慮なく、せんべいに手を伸ばしました。醬油を塗った上にザラメを散らしたせんべいは、舌に甘く、嚙んでいるうちに、しょっぱく香ばしい味が口の中に広がっていきます。ケンコにはその甘辛い味が、何だか森先生の人柄を表しているように感じられました。あるときは厳しく、またあるときはやさしく見守ってくれた先生の情愛が、せんべいの味とともに心にしみ通ってくるようでした。

食べ終わったころ、先生はみんなに向かっておっしゃいました。

「みんなに、この部屋にあるぼくの持ち物を一つずつあげよう。何でもいいから、欲しい物があったら、言ってくれ。さあ、遠慮するなよ」

みんなは「わあっ」と歓声を上げて、部屋の中を見まわします。それぞれ思い思いに文房具や書棚にある本を眺めていましたが、一人一人欲しい物を見つけて、先生のところへ持って行きました。「先生、これ、いいですか」そう言って消しゴムを持ってくる子もいます。そうかと思うと、「これでもかまいませんか」と、先生のかぶっていた運動帽を手にしてくる子もいました。

そんな中で、ケンコは小さな万年筆を見て、とても欲しくなりました。万年筆はそのころ、国民学校の子どもが誰かからもらえるような物ではありませんでした。たいがい、中学校やもっと上級の学校に入学したときなどに、お祝いとして贈られるものでしたから、ちょっとしたぜいたく品だったのです。

それでもケンコはどうしてもそれが欲しかったので、

「先生、これ、いただいてもいいでしょうか」

と先生に尋ねました。先生は少し考えているようでしたが、

「いいよ。ケンちゃんになら、あげてもいいよ。この万年筆をぼくだと思って大切にして

くれるかい」

とそっとおっしゃいました。ケンコは日ごろから、徳島の子に混じって一人でがんばっている自分のことを、先生がとりわけ温かく見守ってくれていると感じていました。先生はケンコの何にでも一生懸命取り組む姿勢や、人を信頼する素直さを、折にふれてほめて下さっていました。先生はぼくのことを弟のように思ってくれているのかなあ、とケンコは幸せだった短い日々を心に浮かべました。

「ケンちゃん、良い物もらったなあ」

友だちにうらやましがられましたが、ケンコは自分がもらったというより、学校の子どもたちを代表して、先生の大切な形見をいただいたような気がしていました。

帰りがけに一人の子が、先生のたくさん飼っている伝書鳩を、みんなで一羽ずつお借りできないか、と申し出ました。帰りの汽車の窓から飛ばしたいというのです。先生はすぐに「いいよ」とおっしゃって、鳩舎から鳩を取り出し、みんなに一羽ずつ渡して下さいました。

みんなが鳩を手にして先生のお宅の前に勢ぞろいしていると、先生と先生のお母さんが見送りに出てこられました。二人ともにこにこ笑いながら手を振って、みんなを見送って下さいます。ケンコたちはその表情の温かさを胸に刻みながら、駅への道をたどりました。

駅に着いてプラットホームで汽車を待っていると、ほかの乗客たちは不思議そうに、生徒たちと鳩を眺めています。その鳩はいったいどうしたんだい、と近くにいた乗客が尋ねたので、近くにいた子が説明すると、

「ほう、それはそれは。教え子たちが鳩を飛ばして、先生とのお別れを惜しむのか。……君たちは、いいことをしたよ。みんな、良い子だね」

そう言ってほめてくれました。

汽車に乗り込んだ生徒たちは、それぞれすぐに窓を開けました。汽笛がポーッと鳴って汽車が走り出します。みんなは窓から顔を出して、鳩を放すのに良さそうな場所を探しはじめました。田んぼが続く広い場所に差しかかったとき、一人が「ここがいいよ」と叫び声を上げました。みんなはいっせいに、抱いていた鳩を空に向かって放しました。鳩は勢いよく空に舞い上がると、言い合わせたように隊列を組み、はるか上空へと飛び去っていきます。遠くの森陰の先生のお宅を目指して、鳩たちは一直線に飛んでいくのでした。

みんなは窓から首を伸ばして、鳩が見えなくなるまで見送っていました。これで森先生とはほんとうにお別れで、明日からはお会いすることができなくなるのです。みんなもだんだん口数が少なくなり、ケンコも心の中にぽっかり大きな穴の開いてしまったような気持ちで、流れていく外の景色をぼんやり眺めていました。

森先生はまだ二十代で独身でした。これから世の中のために役立つ、元気いっぱいの立派な青年だった先生が、戦争に行って国に命を捧げなくてはならないのは、何とも惜しいことです。しかも郷里に先生のお母さんが一人残されると思うと、ほんとうにこのままでいいのかと思われてなりませんでした。駅からの帰り、暗くなった家路をたどりながら、ケンコは一人、物思いに沈んでいました。

## 八

森先生のあとを継いで担任になられたのは、森先生よりいっそう若い鈴江先生でした。鈴江先生はまだ師範学校の制服姿のままで、教室に現れました。背が高く、笑うとちょっとえくぼのできる、やさしい表情の先生でした。ですからお会いしたその日から、みんなは前から知っているお兄さんのように、親しんでつきまとうようになりました。ケンコも森先生がいなくなって、胸が空っぽになったようでしたが、鈴江先生が担任としていらっしゃったことがうれしくてなりませんでした。

やがて年も変わり、昭和二十年を迎えました。一月も末に近づき、大寒のころになると、さすがに南国の徳島でも寒さが厳しくなってきます。そんなころ、傷痍（しょうい）軍人の慰安会が、町の劇場で催されることになりました。傷痍軍人というのは、戦争で傷を負った軍人や兵隊さんたちのことです。この会に国民学校の子どもたちも出演することになって、ケンコたちの学年では八名が選ばれました。当日は合唱をする予定でしたが、ケンコもその中に含まれていたのです。

ふだん音楽のあまり得意でないケンコは、なぜ自分が選ばれたのか疑問でしたが、断るわけにもいきません。出るからにはしっかり歌わなければ、と思っていました。

ただ、その前日に困ったことが持ち上がりました。

叔父さんの娘の孝ちゃんも、ダンスで出演することになっていて、黒い長靴下が必要だというのです。ケンコはいつも半ズボンに長靴下でしたから、それを貸してくれないかと、叔母さんが頼みに来たのです。

ところが、ケンコが大阪から持ってきた五足の長靴下は、もうどれも穴が開いてしまっていたのでした。靴下というものは、いったん穴が開くと、どんどん裂け目が広がっていくものです。いままでは、二足、三足と重ねてはいて、どうにか穴をごまかしてきましたが、それも難しくなっているありさまでした。

貸してあげれば、従妹の孝ちゃんのためになることがしてあげられるし、お世話になっている叔母さんの役にも立てるのに、と残念でしかたがありません。あらためて調べ直してみましたが、とてもお使い下さいと差し出せるものではありませんでした。しかたなく、叔母さんにお断りすると、「そう、一足もないの」と叔母さんはけげんそうな表情を浮かべていましたが、しかたなく、知り合いの家に相談に行ったようでした。

いつも身の回りの世話をしてくれているヒデやんにこのことを話すと、

「ああ、そうだったの。それじゃ、今夜、靴下をつくろってあげましょう」

と言ってくれました。ヒデやんは一番ボロボロの靴下の一部を切り取って、ほかの靴下の穴をふさいでくれたのです。こんな上手な修理のやり方があったのか、とケンコは一つかしこくなったような気がしました。

慰安会の当日、兵隊さんたちはほとんど全員が白衣を着ていて、松葉杖を突いたり、手足に包帯を巻いたりした人もいました。心配していた合唱は、ほかの七人の子どもたちといっしょなので、何とか歌うことができました。何しろ戦争中のことですから、十歳ばかりの子どもたちが、大声で勇ましく、

「いざ来いニミッツ、マッカーサー、出て来りゃ、地獄へ逆落とし」

などという激しい調子の歌を力いっぱい歌うのです。ニミッツもマッカーサーも有名なアメリカ軍の将軍ですが、戦う意欲を掻き立てるためには、何でもやるという雰囲気がむしろ歓迎されていたようでした。舞台を下りると、大豆を煎ったものやあられの入った袋

をもらって、会場の席でほかの子どもたちの余興を眺めました。最後には、高等科の楽隊が登場して、民謡や軍歌を演奏して、兵隊たちの喝采を浴びていました。

二月に入ってまもなく、ケンコは叔父さんから、大阪の方が空襲で大変なことになっているらしいという話を知らされました。大阪の中心部はすっかり焼け野原になっているし、父や母の住む辺りも悪くするると全滅しているかもしれない、というのです。たしかなことはまだわからないが、そんなうわさが次々に徳島にも伝わってきている、と叔父さんは言うのでした。

それを聞かされて、ケンコはがく然としました。戦死者のお葬式に行ったり、傷痍軍人を慰問したり、担任の先生まで兵隊に取られたり、戦争が大変なことはよくわかっているつもりでした。けれど、ひょっとすると父や母がもう死んでしまったかもしれない、と思うとたまらなくなりました。

すぐ二階に上がり、誰もいない広い部屋に隠れるようにして、ケンコは息を殺していました。じっと座りながら、激しく動揺した心を何とか静めようとしたのです。しかし、家族を失ってしまったかもしれない、という不安と絶望的な悲しみは、そう簡単に消えるものではありません。

もし親のない子になってしまったら、これから自分はどうなるのだろう。これまでのように学校に通うこともできなくなってしまうかもしれない。すると、ついこのあいだ、傷痍軍人の慰安会のときのことが思い出されてきました。合唱を終えて会場の席に座ろうとしたとき、突然、ある女の先生がケンコを膝の上にのせて、しっかりと抱きしめたのです。決まりが悪くて逃げようとしましたが、放してくれません。そのうち、女の先生は「あなたに、私の子どもになってほしいの」と語りかけたのです。ケンコは先生がどうしてそんな言葉をかけたのか不思議に思っていました。

いま、その意味が次第にわかってきたのです。戦争がこれからも果てしなく続けば、自分はやがて孤児になってしまうかもしれない。あの先生はケンコをそんな運命におかれている子どもと思って、それであんなことを言ったのではないだろうか。大人の目から見れば、ケンコの両親は毎日のように空襲にさらされている大都市にいるのです。いつ命を奪われるかわからない親の元を離れて、たった一人で疎開している子どもは、いざとなったら誰かが救わなければ、将来の希望をすべて失ってしまうかもしれません。それほど、ケンコがいま置かれている状態は危ういものでした。自分はいま、一歩先もわからない崖っぷちに立たされているようなものだ、とケンコははっきりと感じ取りました。

でも、自分には、毎日お世話になっている叔父さんと叔母さんもいる。担任の鈴江先生も、たくさんの友だちも、そしてあんなに心配してくださった女の先生だって身近にいる。そういう周りの人たちの温かい気持ちにこたえて、一生懸命生きていけば、肉親でなくても誰とでも心を合わせて生きていけるのではないか。幼い頭で必死に考えに考えて、ケンコはそんな未来のための生き方に気がついたのでした。

しかし、そうは思っても、そんなしっかりした心を、自分はほんとうに持てるのだろうか。不安なことはたくさんあるし、苦労した経験もまだまだ少ない。わからないこと、知らないことだらけだ。

では、どうすればそうなれるのだろう、と考えて、ケンコは一つの考えにたどり着きました。これからはいままで以上にもっともっと勉強に力を入れよう。誰にも負けないくらい努力すれば、きっと強くてしっかりした自分になれるはずだ。それだけは、ただ一つ、自分のできる確かなことのように思われました。

二月になると、冬も真っ盛りになりました。

ある日、登校すると、またびっくりするような知らせが飛び込んできました。昨年の二学期半ばから、鴨島国民学校の校舎を借りて、大阪大正区の泉国民学校の生徒たちが集団疎開をしていました。この子たちはケンコと同じ四年生の約五十人で、町はずれのお寺を宿舎として暮らしていました。その生徒たちが、大阪へ帰ることになったというのです。

大阪への大空襲によって、その子どもたちが暮らしていた町が大きな被害を受けたからでした。子どもたちの親はほとんどが死んだか、どこかよその土地に避難しているということのようでした。そこで、とにかく子どもたちはいったん大阪に戻って、親の安否をたしかめるというのです。もし親たちが無事ならばそこへ、亡くなっているなら親戚かどこか身を寄せる先を探して引き取ってもらう、ということでした。

まもなく、鴨島の子どもたちの並んでいる前に、泉国民学校の児童たちがやってきました。学校では別々に勉強していましたが、運動場ではいっしょに遊んでいましたし、鴨島の子とおたがいに親しくなった子もたくさんいました。

まず校長先生から今回のことの説明がありました。そのあとすぐ、泉国民学校を代表して、一人の子どもがみんなの前へ進み出てきました。色の白い丸刈りの男の子でしたが、緊張した表情ながらとてもりりしい感じがしました。男の子は口を開くと、挨拶を始めました。

「今日で、ぼくたちの鴨島での学校生活は、最後になってしまいました。あまりにも突然のお別れで、みなさんに何とお話ししてよいか、言葉も見つからないくらいです。でも、短いあいだでしたが、こちらへ来た最初から、みなさんがいつも温かく接して下さったご恩は一生忘れません。私たちも力を落とさずがんばりますから、どうかみなさんも元気で、これからもしっかり勉強して下さい」

一言一言、代表の子どもは、しっかりした口調で話し続けました。涙ひとつ見せず、声も震えず、実にすっきりした話しぶりです。自分や学校の仲間が置かれている厳しい状況で、よくこれほど冷静に挨拶できるものだと、誰もが胸を打たれました。大人でも、こんな不幸な目に遭えば、われを忘れてうろたえてしまうことでしょう。ケンコはただただ感動して、自分の方が涙が出そうになるほどでした。

このできごとは、ケンコの心に大きな影響を与えることになりました。家が焼け、両親が死んでしまったかもしれないという、これほどの悲しみの中でも、耐え抜いて健気に生きている子どもが目の前にいたこと。それを実際に目にした驚きと感激で、その場にいた大人も子どもも深く心を揺り動かされたに違いありません。

戦争はたしかに恐ろしく、人間を限りなく不幸に陥れるものです。しかしこんな苦しみの中でも、人間はこのように見事な生き方を見せられるものなのか。ケンコはあらためて、人間の持つ精神力の強さ、偉大さに、これまで体験したことのなかった驚異を覚えたのでした。

# 九

三月に入ってまもなく、皇后陛下のお誕生日、地久節がやってきました。その日は天長節のようにお休みにはなりませんが、学校では皇后陛下のご生誕をお祝いする儀式が行われます。今年も例年通り式が行われることになりましたが、ふだんの年とは違う、異例のことがあったのです。

というのは、皇后陛下から全国の国民学校の生徒を激励するために、特別な御下賜品が下されたからでした。それは一枚のビスケットでしたが、当時としては、考えられないほどの貴重なお品でありました。

式では、町を代表する人が、皇后陛下の温かいお気持ちに感謝を申し上げ、子どもたちにはこれからも少国民として努力を重ねることの大切さを説きました。ところが、その町の代表として現れた人を見たとたん、ケンコはびっくりしました。それはケンコを世話してくれている叔父さんだったからです。叔父さんはこのころ、町の商工会議所会頭という役目を担っていたのですが、叔父さんが重い役目についていることを初めて知って、ケンコは少しうれしくなりました。

その日、家に帰ったケンコは、ビスケットの包みをそっと開いてみました。ビスケットは一枚一枚白い和紙に包まれていて、開けてみると、皇室の菊のご紋章がきれいにかたどられています。お菓子というより、まるで美しい工芸品のようでした。

ケンコはしばらくのあいだ、その軽い、小さなビスケットを手のひらに載せて、じいっと見入っていました。食べ物ではあるけれど、こんな美しいものを食べてしまう気には、とうていなれません。

しかし学校では、先生の「大切にするように」というお話を聞くか聞かないかのうちに、紙を破って中をのぞいたり、ちょっとかじってみたりする子どもさえいました。たしかに、みんな、思いもしなかった皇后陛下からの贈り物に喜んだことは間違いありません。けれども、ケンコのように深く心を打たれたかどうかは、わかりませんでした。大阪の集団疎開の子どもたちがお別れの挨拶をしたときも、この感動を忘れないようにしようと思い、実際にいつまでも心に残し続けていたのは、ケンコくらいだったのかもしれません。

戦争の恐ろしさが身の回りに押し寄せているとはいっても、そのもたらす不幸なできごとに心を痛めたり、不安に苦しんだりしている子は、この町にはまだ少なかったことでしょう。

ケンコはこのビスケットをどうしようかと、長いあいだ考えていました。そして、最後にとても良いことを思いつきました。大阪の母に、このビスケットを送ってあげよう。ビスケットといっしょに、いまの自分の心にあることを手紙に書いて、母に知ってもらおうと思ったのでした。ケンコはさっそく便箋を出して、手紙を書き始めました。

「お母さん、どうかどんなことがあっても生きていて下さい。

ぼくは一日も早く、お母さんに会える日が来ることを祈っています。それまではぼくもお母さんの言いつけをよく守り、一生懸命勉強して、どんなにつらいことがあってもくじけず、石にかじりついてもがんばりますから。

今日は地久節の式が学校でありました。そのとき、皇后陛下から菊のご紋のついたビスケットをいただきました。これをお母さんに送ります。これはきっとお母さんをしっかりと守ってくれる、最高のお守りになってくれると思います。どうか元気でいて下さい。さようなら」

書き終えるとすぐポストに向かいましたが、思い詰めた気持ちのために自然と早足になり、ついには走り出しました。郵便局のポストに手紙を入れたとき、何だか大きな荷物を下ろしたような、ホッとした気持ちになりました。と同時に、張りつめていた思いがゆるんだせいか、目から大粒の涙がこぼれ落ちました。

泣き顔を見られたくなかったので、家への道もわざと遠まわりして歩きました。やっとの思いで自分の部屋に戻ると、ケンコは机の前に静かに座りました。そして母のいる大阪の方へ向かって、話しかけるつもりで口を開きました。

「いま、お母さんに手紙を出してきたよ。ぼくも元気でがんばるから、どんなことがあっても生きていてね。お願いします。ぼくは担任の鈴江先生や組の友だちと毎日元気に過ごしていますので、どうか安心して下さい」

そこまで言うと、また涙がにじんできそうになりました。けれど、口にしたばかりの鈴江先生や友だちの顔が次々に浮かんでくると、温かな気持ちが胸の中に広がっていきます。ぼくは家族とは離れ離れに暮らしているけれど、みんなに大切にされている。そんな幸福感が込み上げてきました。

最近のケンコは、学校に行くのが楽しくてなりません。学校というものが、自分の身も心もすべてを包んでくれる、こんなに温かく、頼りがいのあるものだと感じたのは初めてでした。だから家に帰ってからも、ケンコの頭の中は学校のこと、先生のこと、組の仲間たちのことで占められていました。それだけ、いまのケンコにとって、学校はなくてはならない心のよりどころだったのです。

地久節から数日して、東京が大空襲のために大変なことになっている、といううわさが伝わってきました。日本の中心である東京が、すっかり破壊されてしまったというのです。太平洋の島々でも、日本軍は米軍に圧倒されていて、もう本土に近い島でも玉砕しているという知らせもしばしば入ってきます。

ケンコは、もう戦争も行き着くところまで行き着いたような気持ちがしました。遠い国で勝ち戦から始まった戦争が、いまでは本土決戦という言葉さえ口にされているのです。敵軍が本土に攻めてきたら、国民を挙げて決戦を挑むという意味です。実際、上陸してきた敵兵と、竹槍で戦う訓練まで始められようとしていました。軍人や兵士でさえ防げない米軍の攻撃を前にして、そんなものが役に立つはずがありません。

そんなある日、突然、大阪から父が鴨島へやってきたのです。いつもはケンコに衣類やお菓子を渡すと、すぐ帰って行くのですが、今度は違っていました。

「実は、大阪の家でも、島根県の松江の叔母さんのところへ疎開する話が出ているんだよ。お母さんやニノンもいっしょだ。どうだ、おまえもいっしょに行かないか」

父の話を聞いて、ケンコはびっくりしました。けれど母やきょうだいに会える、しかもみんなといっしょに暮らせると思えば、迷うわけもありません。一も二もなく賛成しました。ただ、何と言っても心残りなのは、いまの学校の先生や仲間たちと別れなければならないことでした。でも、叔父さん叔母さんにはお世話になってばかりなので、これ以上迷惑をかけるのは限界のようにも思えます。

心は右に左にと揺れ動きましたが、父と話し合って、やはりここは大阪にいったん戻るのがいいだろう、と決めました。そうと決まると、三学期が終わると同時に、四国ともお別れということになります。

翌日、鈴江先生にそのことを報告すると、先生は、

「それは良かったなあ。でも、やっぱりケンちゃんは四国の子どもにはならなかったね」

と大きな声で笑いました。こんな先生といつまでも勉強できたらどんなに幸せだろう、とケンコはあらためて思わずにはいられませんでした。

いよいよ大阪に帰る日が来ました。

お世話になった叔父さん、叔母さん、母のように世話してくれたヒデやん、いとこたちにお別れを告げて、ケンコは夏から暮らしてきた旅館をあとにしました。

鴨島駅に着くと、鈴江先生や組の友だちがたくさん見送りに集まってくれています。みんなの顔を見ると、夏の終わりから秋へ、そして冬から春へと過ごしてきた学校での日々

が、いっぺんに思い出されてきました。土の耕し方も知らなかったケンコに、友だちが親切に手を取って農作業のやり方を教えてくれたこと。出征した前の担任の森先生を、みんなでお見送りしたこと。どれも懐かしく思い出されます。

汽車に乗り込むと、すぐに窓を開けて、ホームの友だちと握手をしたり手を振り合ったりして、別れを惜しみました。先生のやさしい笑顔を見ると、涙が込み上げそうになります。やがて汽車が出発して、最初の踏切まで来たとき、ここにもたくさんの友だちが立っていて手を振ってくれていました。ケンコはこんなにたくさんの友だちと一度に別れなければならないことが、ほんとうに残念でたまりませんでした。これほど信頼して親しく交わっていける友だちは、もう二度と現れないのでは、と思わずにはいられませんでした。

鴨島国民学校に通ったのは二学期と三学期だけで、短い期間に過ぎません。でもその時間は何年間もそこで過ごしてきたような、忘れることのできない思い出をケンコの心にいっぱい残してくれたのです。慣れないこともいろいろあり、苦労もたくさんあったけれど、喜びや心に残ることがどれほど多かったか知れません。

こうして、ケンコにとって、少年時代のもっとも貴重な体験となった鴨島の七ヵ月間は終わったのです。

# 第六章　迫る本土決戦

# 一

大阪の家に帰ってきたケンコは、母の顔を見て、もう例えようもないほど幸せな気持ちになりました。ただただ、うれしくてうれしくてなりません。笑顔で迎えてくれる母の顔を見ながら、これからはどんなことがあっても母のそばを離れないぞ、と固く心に誓いました。

母の方も、思ったより早くケンコに会えたことを、この上ない幸せに感じているのでしょう。よく帰ってきたね、やっぱりみんなといっしょにいた方が良かったろう、一人で疎開するなんて大変だったろう、でもよくがんばったね、などといろいろ言葉をかけては、ねぎらってくれました。

ただケンコがあまりにも真っ黒な顔で、頭にはおできが、手足にはノミやシラミに噛まれた跡や掻き傷があるのには、かなり驚いたようです。

「まあ、ずいぶん汚らしい子どもになったこと」

でも、そんなことを気にしていては、徳島の田舎ではとても暮らしていけなかったのです。それを知っているケンコが平気な顔をしているので、

「だけど丈夫そうになったわねえ。これじゃ、本物の田舎の子ね」

母の口から、そんな言葉も飛び出しました。あきれたり驚いたりしながらも、母の顔には心から満足そうな笑いが、絶えず浮かんでいます。一人だけ遠くにやっていた愛し子(いとしご)が戻ってきて、これからは手元で思い切り世話をしてあげられるうれしさに、つい顔もほころんでしまうのでしょう。

みんなが落ち着いたところで、父から松江に疎開する話が持ち出されました。今度は家族そろっての疎開なのですが、ただ、父だけは学校に勤めている以上、いっしょに行くわけにいかないというのです。父が大阪で勤めをがんばるのは、家族みんなのためでもあります。けれど、話を聞くうちに、母から喜びの表情が消えていき、代わりに新しい不安が顔をおおっていきました。

はたして、これから先、何事もなく暮らしていけるのでしょうか。戦争はますます深刻になっていくようだし、空襲もこれまでよりもっと大きな規模になっていくでしょう。大阪に残る父の安全も悩みのタネですが、松江での暮らしにも心配のタネは尽きなかったのです。

松江への疎開は、準備がなかなか大変でした。何しろ、いつまで疎開生活を続けなければならないのか、予測がつきません。それに留守のあいだに大阪が空襲されて家も焼けてしまったら、家財道具はすっかり灰になってしまいます。ですから、家族といっしょに家の中の物も疎開させる必要がありました。

そのため、父は勤めから帰ると、毎晩遅くまで働かなければなりませんでした。タンス、子どもたちの勉強机から、台所道具まで布で包んで貨物にし、駅まで運び続けるのです。一週間ほどして家財道具を運び終えると、家の中はがらんとして寂しくなりました。

また、この機会に、ニノンやケンコが国民学校に入学してから書いた作文や図画、ノート、教科書なども片づけなくてはなりません。捨てたり燃やしたりするには心残りなものもありましたが、持って行ける分量は限られているので懐かしんでもいられません。

いよいよ出発の日は、父も現地まで送りについてきてくれました。大阪梅田駅から、山陰本線の出雲大社行きの夜行列車に乗り込みます。夜のことなので、途中の様子はさっぱりわからず、朝早く鳥取県の米子駅に着きました。ここで通勤する大人や通学する生徒が乗ってきて、汽車の中は平穏なふだんの生活の雰囲気になりました。ケンコにはそれが印象的でした。

松江は島根県の県庁のある都市ですが、駅にはあまり人もいなくて、いかにも地方都市らしい淋しい感じがしました。ただ意外だったのは、人力車がたくさん並んでお客を待っているとことです。鴨島にも人がペダルをこぐ三輪車があり、大阪ではお医者さんは往診のとき人力車に乗っていましたが、ふつうの人が乗る人力車を見たのは初めてでした。

そこで松江駅から叔母さんの家まで、人力車で行ってみることになりました。五人家族が三台に分乗して走り出すと、何だかふわふわと宙に浮いているような不思議な感覚です。

叔母さんの家は、松江城のすぐそばにある、お堀沿いの町にありました。いまは叔母さんのほか、松江中学一年の男の子と、島根師範付属国民学校二年の女の子が住んでいます。松江中学はニノンの転校する予定の学校でしたし、付属国民学校にはケンコが通うことになっていました。叔母さんの夫に当たる人は、会社勤めをしていましたが、出征することになり、戦地に派遣されているということでした。

松江に着いたばかりですが、父は学校があるのですぐ大阪へ帰らねばならないということでした。そこで家族そろって、出雲大社にお参りに行くことにしました。家族で出雲に来るのは初めてだったし、みんなの無事を祈願しようという思いがあったからです。

シジミで有名な宍道湖(しんじこ)という大きな湖のそばを通り、大社駅で降り、出雲大社の社殿に向かって歩いていると、突然、空襲警報のサイレンが鳴り響きました。警察官が走り回って、参拝をやめて避難するようにとメガホンで呼びかけています。

残念ですが仕方なく駅前まで戻ってきて、せめてみんなで何か食べようと食堂に入ってみると、食べるものがほとんどないのです。想像はしていたものの、がっかりしてしまいました。戦争の影響で、どこへ行っても食べ物が粗末なのは仕方ないことでした。やむなく注文したのは、カボチャを蒸してそれに黄な粉をまぶしたものでしたが、もちろん砂糖はもう手に入らなくなっているので、黄な粉は塩味です。いっこうに食欲をそそらない食事でしたが、それをすませると、父はすぐに大阪に戻っていきました。

いよいよ、松江での疎開生活の始まりです。

ところで、叔母さん一家三人に、ケンコたち家族四人の生活は、早々に問題が起こってしまいました。みんなが顔を合わせて暮らすのは楽しいのですが、やはりよその家では、大阪にいたときのように伸び伸び過ごすわけにはいきません。それでもケンコは徳島での経験があるので、このような暮らしに慣れていました。しかし大阪の家で自由に暮らしてきたニノンは、こんなきゅうくつな生活になじめなかったのでしょう。ともすれば親戚の子どもと衝突することが、しばしばありました。とくに同じ松江中学に通う男の子とは、ちょっとしたことでもよく争いになるのでした。

子ども同士が仲の悪いのを見ていられなくなった母は、新しい住まいを探すことにしたのです。さいわい叔母さんの知り合いに、師範付属国民学校の教頭先生の奥さんがいて、近くの借家を紹介してもらうことになりました。その家は一階に別の夫婦が住んでいて、ケンコたちは二階の二間を借りるのです。荷ほどきしたばかりの家財道具をまた荷造りして、新しい家に運ばなくてはなりません。今度は父もいないので、ニノンとケンコが力を合わせて、何とか新しい住居で暮らせるように整えました。

さて、引っ越しもすみ、落ち着いたところで、ケンコは新しい学校に母といっしょに登校しました。

主事の先生が迎えてくれましたが、主事先生というのはふつうの学校の校長先生に当たります。先生はケンコの顔を見るなり、額の小さなコブに目を止めて、

「それはいったい、どうしたのかね」

とお尋ねになりました。

「はい。ぼくは徳島の田舎に疎開していましたので、学校では農作業の時間がたくさんありました。いつも日に照らされているうちに、できたハレモノがなかなか治らなくなってしまったのです」

ケンコが説明すると、先生は、

「そう。早く治さなければいけないね。師範付属校の方針としては、勉学も大切だが、身だしなみや健康衛生面にも気を配るように心がけさせているのです。君も早く付属校の生

徒としてきちんとした子どもにならなければなりませんよ」

と話されました。ケンコは主事先生の言葉をそれほど重く受け止めませんでしたが、母の方がすっかり恐縮してしまいました。帰り道にも、何度も愚痴をこぼしたり、ケンコにあれこれ言い聞かせたりするので、転校早々ケンコはすっかり気が滅入ってしまいました。

「やっぱり四国の田舎なんかに行くから、顔にこんなハレモノなんか、こしらえることになったんだよ。恥ずかしいわねえ」

母は自分自身が何でもきちんとする人ですから、主事先生の言葉がよけいに身に染みたのかもしれません。でも、ケンコにはケンコの言い分があるので、すぐ言い返します。

「そんなこと言っても、毎日、外で農作業をしなければならないんだから、仕方ないじゃないか。それに徳島の学校は、先生も子どもたちも、みんなすごく良くしてくれたよ」

「それはありがたいことだったし、幸せなことだったとお母さんも思うよ。でもいま、おまえにとって大切なことは、ちゃんとした師範付属校の生徒になることでしょう。それには主事先生のおっしゃるように、きちんとした生活を心がけることよ。そうでないと、みんなについて行けないのよ」

こうだめを押されたので、ケンコも仕方なく納得するほかありませんでした。主事先生のお話でもわかるように、今度の学校は、鴨島の国民学校とはだいぶ雰囲気が違うようです。どんな子たちがいるのかなあ、とケンコは明日、組のみんなに会うのが楽しみでもあり、心配でもありました。

翌日、学校へ行ってみると、いきなりケンコは驚かされました。付属の子どもたちはみんな身だしなみがきちんとしているだけでなく、とても利口そうに見えたからです。これは大変なところに来たんだなと思いましたが、同時にこんな学校に入れたことをうれしく思う気持ちもありました。

大阪の北田辺の学校は、明るく元気で、関西らしい開けっぴろげなところに良さがありました。徳島の鴨島の学校は、地味な中にも、力強さやがまん強さを感じさせる特色を持っていました。その上、先生も子どもたちも温かみとやさしさがあって、一度ふれ合うと忘れられないものでした。

今度の島根師範付属国民学校は、前の二つの学校とはまったく様子が違います。この学校は、この地方の選りすぐりの家庭の子どもが集まっている印象だったからです。実際、同じ組には、県のお偉方や有名企業の重役、弁護士、高校（旧制）教授といった、地位のある親を持つ子弟が多くいました。

担任の先生は島田先生という、バンカラ風に髭を伸ばした、一見恐そうな人でした。しかし笑顔が明るく、いかにも頼りになりそうな、豪快な顔つきをしています。これまでのどの先生よりも、日本男児の典型といった印象でした。

島田先生は剣道の有段者で、大きな声をしています。前かがみになった姿勢の悪い子には、近づいてきて、どすんと背中をどやしつけるのが常でした。ですから、どんなに寒い日でも、みんなは先生の姿を見ると、ぴんと背中を伸ばして身がまえたものです。

先生は勉強を教えるときも、いろいろな作業をするときも熱心で、自分が真っ先に立って行動します。生徒たちは自然にそれを見習って、先生のあとに続いていくのでした。ケンコの組の子どもたちは、そんな先生の影響を受けているためか、みんな動作がきびきびとしています。

ケンコも島田先生に習うようになって初めて、勉強に興味を持って取り組む姿勢が身についてきたように思いました。おかげで、優秀な生徒の集まりと思った付属校に来てから、かえって成績が上がったくらいでした。

二

転入して二ヵ月目になったころ、付属校に建物疎開の命令が下されました。建物疎開とは、建物を解体したり、空襲の恐れの少ない安全なところに移し替えたりすることです。

師範付属校は松江市の中心部にあって、県庁や裁判所、日本銀行支店、そのほか多くの役所が建ち並ぶ官庁街の真ん中にありました。しかも名所として知られる松江城のお堀にもすぐ近かったので、空襲による類焼のおそれもあったのです。

そこで学校を解体して、やや離れた場所にある島根師範学校に移ることになりました。疎開作業の一ヵ月ほどのあいだは、授業はまったくありません。学校が解体されるまでは、近くの農場の農作業が毎日の活動の中心でした。鍬や肥桶、天秤棒をそろえて、肥桶には便所から糞尿を汲み出して入れます。

整列し、点呼がすむと、みんなでそれらを担いで、軍歌や校歌を歌いながら農場まで行進するのです。途中、勤労動員で工場に働きに行く女学校の生徒たちが、女の子らしい黄色い声を張り上げて行進しているのと出くわすこともありました。通りや住宅街をそんな一群が通り過ぎると、あとはひっそりと静まり返ります。

ケンコは徳島で農作業を一通り体験していましたが、きつい仕事はまだ受け持ったことがありません。そのころはまだ四年生だったので、骨の折れる作業は五、六年生と高等科の生徒が担当していたからです。ところが松江では五年生ですから、力仕事や疲れる仕事もやらなくてはなりません。みんな、うんうんとうなり声を上げながら、毎日きつい作業に精出していました。

その上、仕事を怠けたり、あと片づけがいいかげんだったり、集会に遅れたりすると、決まってバツを食らいます。学校の周りを走らされたり、ときには先生から平手で頬を叩かれたりすることもありました。けれどケンコたちの組は、島田先生の威厳ある態度のせいか、誰かが怠けるようなことはめったにありませんでした。ケンコも、先生から叩かれるようなことは、一度もありませんでした。

大阪や徳島の学校に比べると、付属校では子どもが先生から大声で叱られたり、叩かれたりする姿はたいへん少なかったのです。ケンコは以前に何かの本で、「小さな紳士たちの学校」という表現を目にしたことがあります。それは外国の選ばれた家庭の子どもたちの学ぶ学校を意味する言葉でしたが、松江の付属校にはそうした雰囲気がたしかに感じられました。

たとえば子どもたちの言葉づかいでも、大阪や徳島では自分のことを「ぼく」と呼ぶ子は少なく、上級生になるにしたがって「わし」「わい」「おれ」になっていきます。友だちのことは、ほとんど「おまえ」と呼んでいました。ところが付属校では、大部分の子どもが「ぼく」を使います。友だちは「おまえ」と呼ぶのがふつうでしたが、中に「君」や「君たち」という言葉を使う子を初めて見て、ケンコはずいぶん驚きました。

大阪や徳島には組に何人かいた、鼻水をたらした子どもも、ここには一人もいません。

もともと親にしつけられているためか、周りの大人に言われなくても、それぞれが自分自身でしっかりしている感じでした。

さて、学校の解体作業も終わると、解体された柱や木材の残がいを、子どもたちの力で担いで廃材置き場へ運ぶ作業が始まりました。これがまた農作業よりも、さらに大変だったのです。柱などの古い木材は、とても子どもの手で運べるようなものではありません。何人がかりで、やっとの思いで一本の柱を運ぶのです。運び終えると、もう息もつけないほど疲れてしまいます。しかもそれが、いくら片づけても切りのないほどあるのです。

大変なのは、重い物を運ぶ作業だけではありません。そこら中に落ちている木の切れ端のようなものをまとめる仕事も、並大抵ではありませんでした。細かい木くずや砂ぼこりだらけですから、作業しているうちに、それらを吸い込んでしまい、喉が痛くなってくるのです。そんな作業をマスクもせずに何時間もやるのですから、気分の悪くなることもしばしばでした。健康のことを考えれば、はたして子どもたちのしなければならない仕事だろうか、と疑われるくらいでした。

まさか松江に来てこんなことをやらされるとは、ケンコは夢にも思っていませんでした。そうは言っても、戦争がますます悪い方向に進んでいる中では、文句など言えるわけもありません。ただ、いつか終わりの来るまでは、と願いつつ、味気ない毎日を過ごしているのでした。

## 三

師範学校は松江市の外れの、小高い山の麓にありました。

ようやく解体工事場の手伝いも終わり、引っ越しをすませたころのことです。学校の裏山は雑木林になっていて、樹木が鬱蒼（うっそう）と茂っていました。ある日、先生がそこへみんなを引率して行きました。片づけも終わったし、今度は何をするのだろうと思っていたところ、思いがけない言葉が生徒たちに向けられました。先生は何本かのノコギリを見せながら、

「この雑木林から頑丈そうな枝を一本ずつ、切ってきなさい。それを刀にして戦う訓練を行うから、手頃な長さに切りそろえたら、それを持って運動場に集まれ」

みんなは驚きました。

「戦うって、誰と戦うんだろう」

「もちろんアメリカ兵だろう」

「ええっ、そんなこと、できるのかなあ」

みんなは意外な命令に驚いたり、疑問を口にしたりしましたが、とにかく先生の言われ

た通りにやらなくてはなりません。それぞれ丈夫そうな枝を探し歩きました。

一時間くらいして、これはと思う枝を手にして、みんなは運動場に集まります。一本ずつ木刀のような枝をたずさえ、おたがいに見せ合ったり、小刀で削って形を整えたりしています。何だかこれからチャンバラごっこでも始まるみたいに、楽しい気分まで湧いてきて、あちこちで笑い声さえ聞かれました。

やがて先生が現れ、「集まれ」の合図で、木刀を手に手にみんなは整列しました。

「いいか。これから行う訓練は遊びごとじゃないぞ。真剣勝負だ。生きるか死ぬかの戦いだ。先生の教える木刀の使い方をよく覚えて練習し、いざというときに役立たせなければいけない」

先生の言葉に、みんなの顔に緊張がよみがえります。もう薄笑いを浮かべている者は一人もいません。

「まず、刀の構え方だ。まっすぐに相手に向かって立て。利き腕を上側にして、しっかり刀を握って、足を一歩進める」

先生が模範の姿勢と動作をしてみせ、みんなは真剣な目つきでそれにならって枝を構えました。

「そうだ。おまえたち、なかなかよくできてるぞ。次は相手を倒す訓練だ。このときは刀の使い方が一番肝心だ」

みんなは固唾を呑んで、先生の模範演技に注目します。

「いいか。相手を倒すときは、何と言っても心臓をねらう。相手の心臓に向かって、力いっぱい刀を突き出すんだ。やってみろ」

みんなはそれぞれ「やあーっ」「たあっ」などと声を上げながら、目に見えない敵の心臓に向かって木刀を突き出します。

「よし。それができたら、刀をすぐ引いてしまってはいけない。両腕で力いっぱい、相手の心臓をえぐるように刀の切っ先を突き上げるのだ。それで相手は倒せる。何度も練習してみろ」

みんなは木刀を心臓に突き刺して、それをえぐるしぐさを何度も行いました。繰り返しているうちに、体が熱くなり、額から汗が流れ出します。それでも見えない敵に向かって、幾度も幾度も戦いを挑んでいくのでした。


こんな訓練が毎日続きました。一学期の半ばからはほとんど勉強らしい勉強もしないうちに、一学期は終わってしまいました。

戦争は日に日に、日本にとって不利な方向に進んでいきます。五月には同盟国だったドイツが連合国に降伏し、六月になると、沖縄が米軍の手に落ちたことも伝わってきました。

けれども、ケンコたちの住んでいる松江は、幸いにまだ空襲らしいものには一度も見舞われていません。ところが夏休みに入ってまもないある日のこと、ふいに警戒警報が伝わりました。警報の出たことはそれまでにも何度かありましたが、この日は防空活動に当たっている大人たちの動きに、いつもと違う緊張が感じられます。

——どうしたんだろう。

ケンコはそう思いながら、二階の窓からふと外をのぞいてみました。思わずケンコは目を見張りました。驚いたことに、すぐ目の前の中空を、いままさに星のマークを付けた米軍機が近づいてくるところだったのです。それは低空を飛べる戦闘機で、前の座席には飛行帽をかぶりゴーグルをかけた操縦士の姿が見えます。そして後部席では、射撃手が機関銃を外に向けて、まさに撃とうと構えているのでした。

——危ないっ。

ケンコは瞬間、窓の下に身を伏せました。とたんにバリバリバリッと機関銃を発射する音が耳に突き刺さります。何に向かって撃たれたのかはわかりません。ケンコは体を固くして、しばらくその場に伏せていました。少しして、恐る恐る体を起こしてみると、晴れた空にはもう何も見えず、ただ白い雲が陽の光を浴びて、まぶしいほど輝いているばかりでした。

急いで階段を下りて、母にいまのことを話すと、

「ばかねえ。警戒警報が出ているときは、窓に近寄ったらだめよ。いまはもう、何が起こるかわからないんだから」

きつい口調で叱られてしまいました。それでなくとも、ケンコは恐ろしさにいつまでも心臓が高鳴り、体に力を込めていないと、震え出しそうな気分でした。これまで戦争の影すら感じられなかった松江に、とうとう戦争が迫ってきているのです。ふとそばを見ると、学校から持ち帰ったあの木刀が目に入りました。静かな松江の空にさえ敵機がやってきているときに、こんなものがいったい何の役に立つのか、どう考えてもわかりませんでした。

ケンコはそのとき、徳島から大阪に戻ってきてすぐ、ニノンから恐ろしい話を聞かされたことを思い出しました。ニノンと同じ中学の生徒が、通学途中の停留所で米軍機に撃たれて死んだというのです。きっと日本中どこでも、あちこちでこんな悲惨なことが起きているのでしょう。戦争はもう戦場だけではなく、この日常生活の中にまで侵入してきているのです。ケンコは自分の体験に重ねて、そのことをはっきりと感じ取っていました。

## 四

それから数日して、島根県と隣り合った広島に、何か大変なことが起こったらしいというわさが伝わってきました。「新型爆弾が落とされたのだ」という人もいますし、「数え切れないほどの死傷者が出ているようだ」という声も聞かれました。しかし新聞の報道はあいまいなもので、真相ははっきりしません。

さらに数日後、九州でも同じような恐ろしいできごとが起きているということも、わかってきました。これが広島と長崎に投下された原子爆弾であったわけです。もしほんとうのことを伝えていたら、国民はパニックに陥ってしまったかもしれません。けれど、くわしいことはよくわからないまま、妙に気味の悪い、静かな数日が過ぎていきました。

それから六日後、八月十五日の朝のことです。

突然、ラジオから、きょうは正午に天皇陛下からじきじきに国民にお言葉を伝えられる、という信じられないような知らせが流れてきました。どこの家庭でも、さっそくラジオの音声を調整して陛下のお言葉を聞き逃すまいと努めました。しかし、電波の受信具合が良くないため、ラジオは「ビービー、ジージー」と雑音交じりです。これでは、正確に言葉を聞き分けるのはとても難しい状態でした。

それでも、いよいよ予告された時刻になり、陛下のお言葉が始まるというので、誰もがラジオの前に集まりました。みんな、緊張して耳を傾けます。

陛下のお声は重々しくおごそかに感じられ、何か重大な内容が伝えられていることはわかりましたが、ただ難しい言葉なのでケンコにはよく意味がわかりません。放送の終わったあとで、ケンコは母にそっと「どうしたの？　何かあったの？」と尋ねました。

「よくわからないけれど、戦争は終わりになったようね」

母はぽつりと言いました。

その後の放送や新聞によって、ついに四年間続いてきた英米との戦争は終結したのだということが、はっきりわかってきました。けれど「終戦」という言葉が強調されて伝えられたために、戦争の終わったのはわかるものの、いったい日本は勝ったのか負けたのか、ケンコには判断がつきませんでした。

「日本は負けたのよ。これから大変なことになるわねえ」

やがて母の言葉で、いま日本の置かれている状況がつかめたと同時に、これからどんなことが起こるのだろうかという落ち着かない気持ちも浮かびました。ただ長い戦争が終わったというのに、特別な感動は何も湧いてきませんでした。残りの夏休みも何だか気の抜けたような気分のまま、終わりました。

やがて二学期が始まります。付属校の校舎は建物疎開で壊してしまいましたから、授業は師範学校の教室で行われました。しかしいままでは農作業をしたり裏山を駆けずりまわったりばかりしていたので、急に授業らしい授業を始めると言われても、かえって落ち着きません。担任の島田先生も、気を落としているように見えました。戦争中は荒々しく見えた髭面も、ケンコたちの目にはしょんぼりと力無い印象に映りました。

そうして本格的に授業の始まる前の日に、先生から不思議な指示が出されたのです。

「明日から習字の道具を持ってくるように」

習字の時間以外に墨や筆を使うことなど、これまでなかったのに、いったい何に使うのだろう。疑問に思いながらも習字道具を下げて登校すると、先生は、

「これから国語と算数の教科書の、先生が言うところを墨で塗りつぶしてもらう。みんな準備しなさい」

とおっしゃっただけでした。それ以外は説明もなく、何も理由を話されませんでした。

生徒の一人が、

「どうして墨を塗るんですか」

と大きな声で発言しました。質問するというより、少し上ずった調子の叫び声でした。

「バカッ、そんなことわかってるじゃないか」

少し低い声で別の生徒がたしなめます。でも先生はそんな子どもたちの声に何も答えません。ただ理由を説明されないまま、どんどん墨塗り作業は進められていきました。あまり塗る箇所が多いので、先生に指示されても塗らないまま過ぎてしまったところも、かなりあったかもしれません。墨を塗っていない部分にしても、これからの授業ではたして使うかどうか、わからないような感じでした。

ですから、教科書それ自体がもはや廃物になってしまったようなものでした。これまで戦争に勝ち抜くために国民学校で教えられていた教科書が、もう使えないものとして、廃品同様に扱われる――それがケンコたちにとって、「敗戦」というものが、はっきりと形になって示された初めてのできごとだったのです。

そのほか、修身、歴史、地理の教科書などは墨を塗るまでもなく、そのまま使用中止になりました。それからの授業は、ほとんどの場合、先生が作った応急のプリントを使って行われるようになりました。

そんな授業が始まってまもないころのことです。

ある日、師範学校の校長先生のお話を聞く会が、五年生以上を集めて講堂で行われました。師範学校というのは学校の先生になる学生を教える学校ですから、付属国民学校から見れば、中学校のさらにもうひとつ上級の学校になります。いままで朝礼などの集まりでは国民学校の主事先生のお話がふつうでしたから、いったいどんな話をされるのだろうと、ケンコは興味を持って講堂の席に着きました。

校長先生はもうかなり年輩の方でした。校長先生は、まず自分のこれまでの生活の中で、ずっと続けてきてようやく最近になってやり遂げた体験について、お話をされました。それは国語の辞書に載っているすべての言葉について、「言葉の読み・書き・意味」を覚えるということです。先生が勉強というものを始めてから、きょうまでの五十年間にわたる長い人生で、やっと完全に身につけられた知識だというのです。

そして先生はこのように続けられました。人間が生涯にわたって身につけることのできる知識は、けっして多くないこと。あれこれと心をさまざまな方面に向けて迷っていると、長い人生でもまとまった知識は何も身につけられないものであること。自分は辞書一冊という小さな目標でも、それを身につけることで、日本人にとって最も大切な日本の言葉を身につけることができた。自分はそれを幸せに思い、心からうれしく思っている。

このお話を聞いたとき、ケンコは辞書の言葉を全部覚えてしまうなんて、校長先生はずいぶん辛抱強い方だなあ、という印象だけが強く心に残りました。しかし、あとになってもこのときのお話がいつまでも心に残り、消えていかないのはなぜだろうと思うようになったのです。

そうするうちに、ケンコは、自分が何かの折々に、ふとあの校長先生のお顔を思い出すことに気がつきました。それは国を挙げて戦った大きな戦争に敗れてから、日本人自身が日本の国や文化を価値のない、つまらないもののように思いがちになっている、そんな姿にふれたときでした。日々の報道の中にも、ケンコの周りにも、そのような人々の姿はめずらしくなかったのです。

そこで初めて、ケンコはあのとき校長先生がおっしゃりたかったのは、「敗戦後、日本が何を失ったとしても、日本人が日本人であり続けるために一番大切なのは、日本の言葉なのです」ということだったのではないか、先生はご自身の体験と重ねながら、それを伝えて下さったのではないだろうか、と考えるようになりました。

ある日、ケンコは用事で、松江駅前まで歩いて行ったことがありました。家から松江駅まではかなり離れていたので、着いた頃にはだいぶくたびれてしまいました。そこで駅の構内が見える柵近くに行って、列車の出たり入ったりするのを何気なく眺めていました。

貨物列車の入るプラットホームに目をやると、たくさんの荷物があちこちに積み上げられていました。箱積みの荷物の中には、ふたが閉められていないものもあります。そのうちのひとつにケンコはぼんやり目を向けていました。ちょっと見たところだと茶色の棒のようなものが、たくさん詰め込まれているようでした。ただ、それが何であるかということには、あまり注意を向けていなかったのです。

むしろ、その近くに米軍のＭＰ（憲兵）腕章を付けた軍人が二、三人いることに気を取られていたのでした。すると、一人の軍人が箱の中から棒のようなものを一本取り出して、仲間の軍人にそれを見せながら、何か話しかけました。そこで初めてケンコの目はその棒状のものに注がれたのですが、よくよく見ると、何とそれは日本刀だったのです。

あらためて箱の中を注意してみると、そこには銀色の鈍い光を放ったサーベルも見えました。そのたくさんの刀剣は、おそらく米軍が日本の軍隊から押収したものだったのでしょう。

そのうちに、一人の軍人がサーベルを引き抜いたかと思うと、地面にグサリと突き立て、上からのしかかるように強く押しつけました。サーベルはグニャリと曲がりましたが、軍人はさらにそれ以上力を入れると折れるのではないかと思うほど、強く地面に押しつけたり、そうかと思うと、曲がったサーベルを空中でぶらぶらさせてみたり、まるで没収品の刀で遊んでいるような様子でした。

ケンコも子どもながらに、日本刀というものが戦争中の日本軍人にとって、どれほど大切なものであったかはわかっていました。かつて軍人の誇りの象徴だったその日本刀が、プラットホームにむきだしに置かれて、米軍人におもちゃのように扱われているのです。ケンコはその光景を、哀しく寂しい思いで、じっと見つめていました。

学校で教科書に墨を塗るように指示されたできごとに続いて、ケンコは再び敗戦のみじめさを思い知らされたのでした。

学校の雰囲気は、当然のことながら、戦争中とはずいぶん変わってきました。墨を塗った教科書はやはり二度と使われることがなく、あいかわらず先生のガリ版で刷ったプリントを使って授業が進められていました。

その中でも、ケンコは国語の授業で習った詩や和歌、俳句の勉強に興味をそそられました。和歌や俳句には五七五といった決まった約束事があって、それを守りながら表現をする、日本独特の詩だ、と先生は教えられました。また日本の詩は季節感が豊かで、微妙な移り変わりなども趣き深く表されているということでした。

とくに和歌では、お正月に遊ぶ百人一首という名高い歌を集めたものがあるので、それを覚えるのもこれからの勉強の役に立つ、と言われました。ケンコはそれを聞くと、お正月にお母さんやニノンと百人一首をして遊ぶことを想像して、楽しい気分になりました。戦争が続いていたあいだ、こういった心のゆとりを持てる遊びのあることもほとんど忘れていたのです。

これからは、日本の文化の中にある良いものを探しながら暮らしていこう。そう思うと、ケンコは一つの夢を発見した気持ちになりました。自分たちはもう戦争に行かなくてもいいのかもしれない、それならもっとゆったりした気持ちで、自分に合った趣味を求めて生きていける、とも考えたのです。

しかし、組の友だちの多くは、そんなのどかな気分の漂う授業に、あまり気が乗らないようでした。これまでずっと、農作業や校舎の疎開のあと片づけ、いざというときの戦闘訓練、と落ち着きのない生活が続いていました。それが急に、古いのんびりした日本文化について教えられても、気が抜けたみたいで、とても興味を持って先生のお話に集中することはできなかったのです。

授業中に勝手におしゃべりしたり、関係のない本を読んだり、伝言を書いた紙をまわしたりして、授業から離れていく子どもも目立つようになりました。先生も以前ほど、それを厳しく叱らないのでした。

十二月も近くなると、教室に一メートル四方もある、大きな木製の火鉢が置かれるようになりました。その中に炭を入れて暖房に使うのです。これまでケンコは暖かい地方にいたので、暖房らしい暖房は使っていなかったのです。さすがに松江は寒いところなのだなあ、といまさらながら気がつきました。

ところが驚いたことに、生徒の中に家からタバコを持ってきて、それを火鉢に差し入れて火を付け、吸う者が現れたのです。そして先生の姿が見える前に、窓を開けたり下敷きで煙をあおいだりして、見つからないようにします。そんな遊びが、暮れ近くなるまで続いていました。ほとんどの生徒はそうした仲間に入りませんでしたが、それを先生に言いつける者もいなかったのです。

ケンコが観察していると、そんな遊びをする者は、案外にこれまで良い家庭の子どもと思われていた生徒の方に多いのでした。むしろ、ふつうの家庭の子どもには、広がりませんでした。そのわけはケンコには見当もつきませんでしたが、ひとつ思い浮かんだことがありました。それは、戦争中に社会的な地位の高いと思われていた家庭の多くが、敗戦によってその地位も急激に低下してしまったことです。そのため、親たちばかりでなく、その家族の生活にもそれまでにない変化が起きているのかもしれません。かつては地位もあり力もあった人々がいっぺんにそれらをなくして、生きる方向を見失っているような空気は、たしかに世の中に広がっているようでした。

戦争中、最高の権力を握っていた東條首相でさえ、自決に失敗して、戦争犯罪人として捕らえられているのです。また、かつて国民学校推進の中心人物であった橋田邦彦元文部大臣も服毒自殺を遂げてしまいました。偉い軍人や政治家や経済力を誇っていた人々が、急変した時代の流れに振りまわされている姿は、誰の目にもはっきり見えていました。

ケンコの家の周辺でも、いままでにはなかった変化がありました。同じ隣組にキリスト教会があるのですが、戦争中は敵国の宗教だということで、廃屋のように寂れていたのでした。ところが最近では、毎週日曜日に外国人が次々と訪れるようになっていました。大部分は白人の軍人でしたが、そのうちに黒人も姿を見せるようになりました。

十二月になり、クリスマスが近づくと、その様子はいっそう賑わってきました。

ある日、教会から近所の子どもたちに、ぜひクリスマスには教会に来るようにという誘いがありました。そこで、ケンコとニノンは行ってみることにしたのです。

夕方、教会に行くと、もう教会にはぎっしり人々が集まっていました。むっとした暖かい空気が充満して、息苦しいほどです。初めてキリスト教会というところに足を踏み入れたので、何をやっているのか見当もつきません。会堂の中はやや薄暗く、舞台のようなところだけがほんのりと明るく照らされています。そこに小さな馬小屋の模型がしつらえられて、その中の何体かの人形の真ん中には赤ん坊の姿が見えました。

クリスマスはイエス・キリストの誕生を祝う行事だということは、ケンコも知っていたので、この舞台がその昔々のいわれを表現しているのだな、ということだけはわかりました。帰りには、馬小屋で誕生したばかりのイエス・キリストの像を描いたカードと、袋に入った外国のキャンディが、子どもたちに配られました。

このクリスマス行事に参加したことは、ケンコにいろいろなことを感じさせました。夏に戦争が終わったばかりなのに、その冬には、外国人の通う教会でクリスマスという新しい体験をしているのです。時代は大きく変わったのだ、という印象は、まだ五年生のケンコの心にも、はっきりと焼き付けられたのでした。

その日を境に、教会には外国人の出入りがますます頻繁になりました。教会はケンコの家から三軒ばかりしか離れていなかったので、家の前の道に米軍人のジープや、外国人の乗ってくる車がよく留められています。そこから降りてくる外国人たちの姿もいつも目に入ってきます。地方の寂しい街らしく思えた松江に、いっぺんに外国の街になったような雰囲気が漂い始めたのでした。

ただ古い田舎の街では、そういう変化も住んでいる人々にとくに影響することもなかったのですが、人口の多い都会はやはり違うのでしょう。日々の新聞などに気をつけていると、大都会を中心に、日本の社会や文化に、敗戦が衝撃的な変化をもたらしていることもわかってきました。

## 五

やがて暮れも押し詰まり、大晦日も目前になりました。十二月三十日には、久しぶりに父が大阪からやってくる予定でした。ケンコは徳島に一人で疎開していたので、家族そろってお正月を迎えるのは二年ぶりになります。それだけに父を待ちわびる気持ちもひとしおでした。

終戦を迎えたばかりのこの年は、食糧事情が一段と悪くなっていて、お正月といっても、新年を祝う食物はほとんど手に入りません。わずかな配給のもち米で作ったおもちと、大根、小松菜、里芋などの野菜類、大豆とヒジキ、大根干しがあるくらいです。あとは母の工夫でお汁粉の材料を用意しましたが、その小豆はそれまでみんなが枕の中に入れて使っていたものを、何度も洗ってやっと食べられるようにしたのでした。

それでも、家族みんなで、父が松江にやってくるときを楽しみに待っていたのです。ケンコもニノンも松江駅まで父を迎えに行くつもりで、予定の時刻が来るのを気もそぞろになりながら待っていました。夕刻近くなると、気が逸（はや）って、もう居ても立ってもいられません。「行ってくるよ」と母に声をかけると、いそいそと駅に向かいました。

ケンコの家から駅に向かうには、宍道湖(しんじこ)の端にかかる新大橋を渡らなければなりません。橋のたもとまで来ると、暗い曇天の下を、中海の方から宍道湖へ向かって、とても強い風が吹き付けていました。二人はオーバーの襟を立てて、雪のちらつく中を、吹き飛ばされないよう必死で橋を渡りました。

松江駅に着く頃にはだいぶ暗くなっていました。二人は改札口で父の乗っている列車が着くのをいまかいまかと待っていました。到着の予定時刻になり、まもなく乗客が次々に改札口へとやってきます。一瞬でも早く父の顔を見つけたいと、二人は人の群れを懸命に探し続けました。しかしだんだん改札を通る人も少なくなり、とうとう誰もいなくなったのに、父の姿は見当たりません。

どうしたんだろう？　二人は不安になって顔を見合わせました。ひょっとしてこの汽車に乗れなかったのかもしれない、と思って、次に到着する汽車の時刻を調べると、まだ二時間も先だとわかりました。これではしかたありません。二人はあきらめて、家に帰ることにしました。

家に帰って夜遅くまで、母とニノンといっしょに、ケンコは父の到着を待ち続けましたが、いつまで待っても玄関の開く音もしなければ、「やあ、待たせたね」という父の元気な声も聞こえません。

　翌朝目を覚ましたとき、家族みんな、気の抜けたように、ぼんやりおたがいの顔を見合わせたのでした。

「予定が大晦日に延びたのかしら」

「でも、何の知らせもなく延ばすとは思えないけどなあ」

　口々に不安な思いを語り合いましたが、大晦日になってもやはり父は現れません。とうとう大晦日も暮れて、年が明けてしまいました。いよいよ不安はつのるばかりですが、大阪の方に問い合わせる当てもないので、父からの連絡を待つしかありません。

　そんな気分で迎えたお正月は、ほんとうに寂しいものでした。おとそをみんなで少しずつ飲んで、新年を祝ったものの、とうてい新たな年を迎える気分になどなれません。それでも夜は、母が読み手になって、みんなで百人一首のカルタ取りをして遊びました。カルタを取っているあいだだけは、お正月らしい気分と、古い日本の文化のどこかのびやかな味わいが、心をまぎらせてくれます。しかし、それがすむと、みんな早々に床についてしまいました。このようにして、二日目も父のいない正月が暮れていきました。

　そして三日目の朝のことです。

　突然、「電報です」という思いがけない声が、戸口から聞こえてきたのです。急いで電報を開いたとたん、母は顔を曇らせました。

「徳島からよ。お父さん、何かケガしているらしいわ。——チチ　ケガデ　キョウリニカエル　スグコイ」

「ええっ？　どういうこと？」

ケンコもニノンも、口が利けないほど驚きました。

「暮れからずっと胸騒ぎがしていたけど、やっぱり何か来られないわけがあったのよ」

「ケガって、どの程度なんだろう。ひどいんだろうか。こっちに来られないくらいなんだから」

「でも、どうして徳島には行けたんだろう。変だなあ」

たがいに頭をひねりながら話し合っても、とうてい合点がいきません。

「とにかく、みんなで徳島に行ってみましょう。さあ、大変。急いで準備しないと。お正月というのに、ゆっくりしていられないわねえ」

母の言葉にみんな気持ちが決まりました。ともあれ徳島まで行って、何があったのか、真相をたしかめるしかありません。

さっそく、ありったけのお米を炊いて大きな弁当箱に詰め、できる限りのおかずをこしらえにかかりました。あとは冬の旅にそなえて、衣服の用意を調えます。夕方には準備ができたので、いよいよ出発です。まだ小さな妹を母が背中におぶって、ニノンとケンコは大きな荷物を運びます。

まず山陰本線で米子まで行き、そこから伯備線に乗り換えて岡山に向かいます。険しい中国山地を横断する列車の窓からは、真っ白な雪がどこまでも続いていました。深い夜の闇と白い雪を見ながら、ケンコはこれから自分たちはどうなっていくのだろう、と考えにふけりました。どこかに、家族の運命を左右する大きな力が働いているような、不気味な感じもしてくるのです。他方で、ケガをしたという父は、どんな様子なのだろうと胸のふさがるような気持ちにもなりました。

岡山駅からは、四国に向かう港まで行く列車に乗り換えます。しかし、列車はしばらく出ないというので、岡山駅で待機することになりました。しかたなく、駅前に出てみたケンコは唖然としました。

おそらく空襲でほとんどの建物が破壊されてしまったのでしょう、何もない夜の暗がりの中に、露店のようなものが果てしなく続いているのです。その前を多くの人々が、漂うようにうろうろとさまよっているのでした。

ケンコはその光景に、敗戦後の日本の現実を突き付けられたような思いがしました。松江のようにほとんど空襲のなかった地方に住んでいた、自分たちの知らなかった真実がここにある。そう思ったのです。日本中のあちこちに、この岡山のような、いやもっとひどい惨状が広がっているに違いない。それは空襲から逃げまどう悲惨さとはまた違った、生きるために食べ物や生活物資を必死に求める、生身の人間の姿でした。

戦争に負けた自分たちは、生きていくために、こんなぎりぎりの暮らしをいつまでも続けていかなければならないのか。そう思うと、長い戦争によって積もった心身の疲れが、さらにまた深くなるような気がしてなりませんでした。

やがて港に向かう列車がホームに入ってきました。しかしホッとしたのもつかのま、それは黒々とした貨物列車だったのです。それでも貨車の扉を開けると、乗客たちはわれ先にと乗り込んでいきます。貨車は貨物を積むためのものですから、座席のないのはもちろん、揺れてもつかまるところもありません。乗客はみなすぐ腰をかがめて、列車が揺れても転ばないように体を支えました。扉が閉まると、小窓もない貨車の中は真っ暗になります。母が新聞紙を敷いてくれたので、ニノンとケンコはそこに腰を下ろし、何も考える気力もなく、一時間以上揺れるままに身をまかせていました。

港から連絡船に乗り、やっと高松に着いたときはもう深夜でした。どこかに泊まらなければならないのですが、ここも人でごった返していて、まともに泊まれる宿屋はどこにもありません。ようやく見つけた古ぼけた宿屋で尋ねると、相部屋なら泊まれるというので、船に乗り合わせた乗客同士でいっしょに泊まることになりました。ケンコの家族四人と中年の夫婦が、八畳間にふとんを重ね合わせるようにして泊まりました。中年夫婦の夫と思われる人は病身のようで、一晩中そのせきをする音が耳に響いて、ケンコはほとんど寝付けないまま過ごしていました。

高松から汽車に乗り、父の実家のある鴨島に向かうあいだ、駅を過ぎるごとに父に近づいていくのがうれしい一方で、容態はどうなのだろうと不安がつのってきます。鴨島駅に着くと、たくさんの荷物を抱えながらも、自然と足が速くなりました。

さあ、父はどんな姿でいるんだろう、と思いながら家に足を踏み入れましたが、茶の間に駆け込んだとたん、ケンコはあっと息を呑みました。

そこには頭にも顔にも、そして腕にも包帯を巻きつけた父が立っていたのです。包帯には血がにじんだ跡が見え、ひどく痛々しい姿でした。

ともかく父の語る話を聞いてみると、大阪駅で松江に向かう列車の入るホームに向かったとき、階段の上でいきなり何者かに襲われた、ということでした。そして背負っていた荷物を奪われたばかりか、階段の下へ突き落とされてしまったのです。そこでしばらく人事不省(ふせい)に陥っていたところを駅員が助けて、その後正気を取り戻したのでいったん家に帰ったというのでした。

そこからが不思議なことに、治療を受けないまま、自分でも自覚がないのになぜか松江ではなく、故郷の鴨島へと足が向かっていたのでした。

「よく帰ってきたと思うわ。やっぱり生まれ故郷というものが頭の中にあるのやねえ。ほんに不思議じゃ」

父の妹に当たる叔母がつくづくとそう言い、その言葉はケンコの耳にいつまでも残りました。父は十五の年に故郷をあとにして、東京で修業し、そのあと大阪で就職して三十年以上を経ているのです。ところが生命も危ぶまれるような一大事に陥ったとき、ふと頭に浮かんだのは故郷だったのでした。このことは人間の心の奥深くに潜んでいるものが何であるか、よく物語っているように思えてなりませんでした。

人間はいろいろな結びつき、つながりを持って生きています。しかし心の奥底にあってもっとも強い絆は、どんな人でも、自分を生んでくれた父母との絆をおいて、ほかに何があるでしょうか。父の場合も、そんな心の絆が故郷の鴨島にあったのだ、とケンコはしみじみと感じ入りました。

父はたしかにひどいケガをしていましたが、精神的には思ったよりしっかりしていました。しばらく静養すれば元気になってまた働けるから、心配しないでいいよ、とふだん通りやさしい口調で話しかけてくれたので、みんな暮れからずっと心配していただけに、ホッと胸をなで下ろすことができました。

数日して、鴨島に父を残して、また松江に帰ることになりました。徳島に向かったときに比べれば、緊張と不安がぬぐわれただけ気は軽くなりましたが、移動の困難さは往路と少しも変わりません。とりわけ、連絡船の船着き場である宇野港から、岡山行きの列車が出るホームに向かうときは、大変な思いをしました。

ホームまでは長い通路を歩かなければならないのですが、岡山行きの列車の出発時刻が迫っていたからです。ケンコとニノンはまだしも、幼子を背負い、荷物を持った母は速く走ることができません。早く早くと急き立てられながらホームに着くと、列車は発車寸前になっています。ケンコとニノンはぎりぎりで列車に飛び乗りました。けれど振り返ると、母はまだホームにいて、走り始めた列車の乗車口に懸命に近づこうとしているところです。

母が乗り遅れる、とケンコはあせりました。そのうえ妹と荷物の重さに耐えながら急いでいる母の足取りは、いかにも危なっかしげです。転倒でもしたら、思わぬケガをしてしまうかもしれません。

そのときです。列車の乗客の中から、数人の米軍兵士がホームに飛び降りました。兵士たちは必死で列車に追いすがろうとしている母の手を握り、背中の妹と母の体を支えて、乗車口に押し込んでくれたのです。まさに乗れるか乗れないかの瀬戸際、兵士たちのおかげで、母と妹は無事に乗り込むことができたのでした。

母のうれしそうな笑顔と、にこやかに母を見下ろしている兵士たちの姿を、ケンコはまるで奇蹟を見るような思いで見つめていました。兵士たちは母の背中でびっくりしたような顔をしている妹にも、笑いながら何か話しかけていました。遠いアメリカの故郷にも、彼らの帰国を待っている肉親がいるのでしょう。そのことを思い出しながら、小さな子どもを慰めようとしているのではないだろうか。そんな兵士たちの懐かしそうな目が、いつまでもケンコの心に残りました。

長く激しい戦争もようやく終わって、まだ半年も経っていないこの日本の地で、占領のために駐留する米軍兵士と、幼子を背負った母が笑顔で向かい合っているのです。それは何とも忘れがたい、印象的な光景でした。薄汚れ、古びた列車の中ではありましたが、人と人との情愛のこもった目と目が、言葉こそ交わせなくとも、十分に心と心を伝え合っています。このときの情景をケンコは、これから平和の道に進んでいく日本の、最初の一ページとして心に刻みつけておきたいと思ったのでした。

# 六

不安と驚きの続いた昭和二十一年の正月も明け、三学期が始まりました。敗戦後、力を落としておられた担任の島田先生も、やっと以前の快活さを取り戻されたように見えました。あいかわらず教科書は使わず、自分で考えた独自の教材で授業を進めていかれました。

とくにケンコの関心を惹きつけたのは、国語の文法というものを三学期中かけて、教えていただいたことでした。国語文法はふつう中学校で学ぶものとされていました。けれどそのときの授業では、口語の言葉のさまざまな法則を習っていきました。体言の名詞、代名詞から始めて、用言としての動詞、形容詞、形容動詞などです。

中でも動詞には活用という法則のあることを教わりました。動詞はたとえば「書か・ない、書き・ます、書く、書く・とき、書け・ば、書け」というふうに、使われる場面によって、いろいろな形に変化します。これには五段活用を初め、上一段、下一段、サ行変格、カ行変格活用などがあるということでした。

それまで意識せずに使っていた言葉に、ちゃんとした法則があることが、ケンコにはとても興味深く思われました。言葉というものの秘密を、ちょっとのぞいたような気がして、わくわくする気持ちでした。学校からの帰り道、ケンコはこの活用を一種の遊びのように唱えながら歩いていました。

「来、来、来ル、来ル、来レ、来イ」
「コ、キ、クル、クル、クレ、コイ」

何度も何度も、まるで歌でも歌うように楽しんで唱えているうち、動詞の活用をすっかり覚えてしまいました。この勉強は思いがけないことに、この後のケンコの歩む方向にまで影響を与えることになりました。この体験をきっかけにして、ケンコは国語の好きな生徒へと成長していったからです。徳島の国民学校に転校してまもないころ、森先生に作文をほめられたことも、もう一つのきっかけでもありました。

それと同時に、勉強することの面白さや、学習して知識を増やすことの大切さが、何となくわかってきたのでした。人は一度何かを好きになったり、得意になったりすると、それは容易には心の中から失われないものなのかもしれません。そして好きであるからこそ、また上達することへとつながっていくものなのでしょう。

これをきっかけにして、ケンコは本を読むこともいつのまにか好きになっていました。それまでは父に買ってもらった童話を読み返すくらいだったのですが、この五年生の三学期ごろから、いろいろな小説を読むようになりました。まず読んだのは島崎藤村の子ども向けの随筆や、国木田独歩の小説でした。ただそれらのほとんどはニノンが松江中学の図書館から借りてきたものなので、子どもには難しいものが多かったのです。それでも本を開いてページをめくったり、さし絵を眺めたりするだけでも、現実とはまた違った、本の世界に入っていく気分を楽しむことはできました。

一方、ニノンは幼いころから、物語や小説が好きな子どもでした。中学に上がるころには、家にあった父の世界文学全集などを片っぱしから読みふけり、そのために勉強がおろそかになるほどだったので、心配した父がたくさんあった文学全集を売ってしまったことさえありました。

それでもニノンの本好きは止まらず、天王寺中学に入ると、今度は図書館から次々に本を借りてくるようになったのです。戦争が激しくなって授業が行われない日が多くなったのも、そんなニノンにはむしろ好都合でした。学校の勉強に気を使わず、これ幸いと読書に没頭できるからです。その傾向は松江に疎開してからも、あいかわらず続いていたのでした。

五年生も終わりに近づいた三月の初め、大ケガをしていた父がひょっこり松江にやってきました。みんなで徳島まで様子を見に行ったときは大変な重傷だと思えたのに、もうすっかり元気になっているので、またまた驚かされました。でもよく見ると、顔にかなり深い傷があり、とくに唇は一部裂けた傷痕が残っています。手の指は親指の爪が真っ二つに割れていたりして、痛々しく気の毒でなりませんでした。

ただ骨折や、内臓への影響など生命の危険につながるような損傷はなく、目や耳など感覚器官にも異状はないというのです。それだけでも、不幸中の幸いと言ってよかったのでしょう。

父は二月には大阪に戻って、教職に復帰したばかりか、卓球の指導も始めていると聞いて、家族みんな、父の不死身の強さには舌を巻く思いでした。父の話からは、家族のために、何としても早く回復して仕事に戻ろうという一生懸命さが伝わってきます。そんな父の姿に、ケンコは心を動かされました。

明日は父が大阪に戻るという晩、ケンコは思い切って、

「ぼくもお父さんといっしょに大阪へ行きたい。行ってもいいでしょ」

と父母に切り出しました。これからまた父は大阪で一人で暮らすわけですが、せめて自分でもそばにいれば、気持ちが安らぐかもしれないと思ったのでした。もちろんまだ十一歳になったばかりのケンコでは、何の役にも立たないかもしれません。けれどいっしょに

食事をしたり、どこかへ出かけるときのお供の役には立つのではないかと考えたのです。

父も母も、思ったよりケンコの提案を喜んでくれ、それではというので、父は大阪へ帰る日程を少し遅らせることになりました。ケンコの転校の手続きをしてから、いっしょに大阪へ行くことにしたのです。

さっそく先生にそのことを伝えると、突然の転校の申し出に、島田先生も少し驚かれたようでした。独り暮らしの父といっしょに生活するためであることを説明すると、

「それは君にも良い経験になるよ。ぜひお父さんのそばにいてあげなさい。きっとお父さんも心強いだろうから」

とすぐに納得して、手続きを進めて下さいました。

少し前までは考えてもいなかった大阪行きなので、そうと決まると、さすがに松江で過ごしたさまざまな思い出が胸に浮かんで来ます。

妹を連れて、よく散歩がてらに行った松江城。天守閣に昇って松江の市内を見渡すのを妹が喜ぶので、妹を背中におぶって何度も階段を上ったものでした。ニノンとよく行った松江大橋も、忘れられない場所の一つです。はるか隠岐の島へ向かう船を眺めながら、日本海へ通ずる川の流れを飽きずに見つめていたこと。また大雨が降ると、決まって床上浸水になり、一階にはいられなくて、ずっと二階で暮らしていたこと。夏の夜には、窓ガラ

スにいつもヤモリが何匹もはいまわって、不気味だったこと。

ただ、松江に暮らしていたあいだ、ずっと食糧難が続いていたのは、つらい思い出でした。いつもお腹を空かせていたような印象があり、あまり楽しい思い出はなかったのです。

それでも、何より良かったことと言えば、勉学の面で新たな目を開かれたことでした。戦争末期から敗戦直後という非常時で、教育の面では大きな困難があった時期でしたが、島田先生のおかげで、ケンコはいっそう勉強が好きになりました。そして、学問がなぜ大切かということも、少しずつですが、わかりかけていたのです。

# 第七章　最後の国民学校

# 一

三学期もあと三週間あまりで終わるという中途半端な時期に、ケンコは大阪に戻ってきました。これから通うのは、四年生の一学期まで通っていた北田辺国民学校です。なじみのある学校でもあり、懐かしさもあって、ケンコは学校へ行くのを心待ちにしていましたが、行ってみると校舎の変わりように驚かされました。

もちろん空襲によるものです。コの字型の校舎の一角が完全に崩れ落ちているのです。しかも焼けた校舎の残がいは片づけられておらず、無残な姿をさらしています。体育館も半分焼けてしまって、とうてい使える状態ではありません。館内の壁際に設けられていた肋木(ろくぼく)が半壊していて、よく見ると、横にわたされていた棒はほとんど外されています。子どもたちが勝手に持ち出して、野球のバットにしたりチャンバラの刀にして遊んでいるのでした。

そんなことをしていても、誰も叱らないことにも、ケンコは驚きました。以前の厳しかった先生方の指導が失われているのを、つくづく感じました。

また天皇陛下の勅語や御真影を納めた拝殿の見る影もない変わりよう。かつてはあれほど恭しく取り扱われていたのに、どことなく邪魔物のように放置されていたのも哀れでした。

先生たちの態度も、前とはずいぶん変わっていました。松江の付属校では、戦時中の活力こそ見られなくなったものの、戦後もあいかわらず先生方は威厳を保たれていたのに比べて、こちらではかなり様子が違っていました。子どもたちも、先生を恐れる気持ちがほとんどなく、まるで親しいおじさんに対するような態度になっています。先生も生徒も、いつも食べ物に飢え、生活物資の不足に悩まされている中で、やっとその日その日をしのいでいるというふうな印象でした。

ケンコ自身も、以前なら自分もこんなことはしなかっただろうな、と振り返ることがありました。ケンコの父はタバコを吸いません。そこで配給の刻みタバコの粉と巻きタバコの紙を、たびたび担任の先生にあげていたのでした。しかも、休み時間の教室で、教壇の机にいる先生に渡していたのですから、以前なら考えられないことでした。

学校が終わって、帰り道に駅の近くを通ると、闇市場がずっと並んでいます。ときには、そこの屋台の床几(しょうぎ)に腰かけて、コップ酒を飲んでいる先生の姿を見かけることもありました。先生が聖職者と見なされていた以前なら、これもありえなかったことでしょう。けれどそれを見ても、非難したり悪口を言ったりする者もいない状態でした。

世の中全体が、これまでの秩序を完全に失って乱れていたのです。戦地から帰還した兵隊が徒党を組み、強盗をして捕まった、などという報道も日常茶飯事のように伝えられていました。ですから世間の乱れようは、日本も落ちるところまで落ちてしまった、と言っても言い過ぎではないほどでした。

そんな中でも、父は以前と少しも変わらない、活力ある姿を見せていました。ケンコといっしょにとる食事を毎日朝晩こしらえ、生活のあれこれにも気を配ってくれます。卓球の指導にはあいかわらず熱心で、ときどきケンコを卓球大会の会場に連れて行き、見学させることもありました。華々しく競技の展開されている中に、一人だけ国民学校の生徒が見学しているのは、奇妙に見えたかもしれません。けれど、ケンコは卓球の試合を見るばかりでなく、競技の進行に忙しく立ち回っている父の様子を見るのが好きでした。

それに閉会式がすむと、父は決まって卓球部の選手たちをうどん屋へ連れて行き、みんなできつねうどんを食べるのが常でした。そんなときはケンコもお相伴にあずかるので、それが何と言っても楽しみでした。

父が卓球部の選手たちから慕われ、尊敬されている様子を見ていると、ケンコは父が誇らしく思えるのです。世の中の乱れ方はこれ以上ないくらいの状態でした。しかし、父が選手たちと交流している姿には、戦後日本の惨めさのようなものは影ほどもありませんでした。どうしてこんなに明るく、すがすがしい気持ちでいられるのだろう、と不思議に思えるくらいでした。それがスポーツの持つ力なのでしょうか。どんな世の中であっても、身体の活動を通じて、心までも明朗で活発なものに高めてくれるのが、スポーツというものなのかもしれません。

ケンコは思い切って松江から大阪の父の元に来たことを、ほんとうに良かったと思いました。そして母やきょうだいたちと、一日も早くそろって暮らせますように、と祈るのでした。

## 二

学校の勉強は、松江の師範付属に比べると、まったくレベルが低く、やさしいものでした。宿題や試験も楽にできるので、張り合いのないくらいです。勉強面からだけ言えば、六年生を終えるまで松江に残った方が学力が伸び、もっと勉強が好きになっていたかもしれません。

勉強に余裕ができた分、ケンコは外で遊んだり、面白そうなものがあるとそこへ出かけたりすることが多くなりました。そうするうちに、ケンコはある年上の若者と知り合いになりました。二十歳前くらいの、近所にいる、予科練帰りの若者です。この人は暇を持て余しているのか、いつも大声で流行歌を歌っていました。何となく心を惹かれたケンコは、その若者の家のそばで親しく話をして過ごすことも多くなっていたのです。

若者は、これまでケンコが見てきた上級生や中学生の中には、あまりいないタイプでした。どちらかと言えば、一種の不良タイプでしたが、それがかえってケンコの周りにいる秀才型の少年たちと違う、新鮮な魅力を感じさせたのです。

彼の得意な歌は、東海林太郎の「赤城の子守唄」や田端義夫のマドロスシリーズでした。ときどきはケンコのリクエストで、並木路子の「リンゴの唄」のような女性歌手の歌も交えて、何曲も声高らかに歌うのです。静かな住宅街の中で気後れもせず歌うのは、ほかの人に自分の美声を聞かせたいと思っている節もありました。

また、当時から始まっていたＮＨＫの「素人のど自慢」という公開番組が、この若者に夢を与えている面が多分にあったようでした。ケンコには若者の内心はわかりませんでしたが、暗く、打ちひしがれたような人の多い中で、こうした生きの良い若者がいたことに、これからの時代の求めているものを感じました。

そのほかこの地域では、町会対抗の野球大会がしばしば催されていました。会場は主として国民学校の運動場だったので、ケンコは日曜日にはよく試合を見に学校に行っていました。いつのまにかひいきの選手ができると、その選手が出ている試合は見ないではいられません。

そんなことをしているうちに、野球を見に行くために勉強をおろそかにして外出ばかりするようになってしまいました。ニノンが読書に没頭して勉強しなくなったのと、様子が似ています。

好奇心をそそられることがあると、ついふらふらと街へ出る習慣がつき、いつしか街の中のいろいろなできごとにも関心を寄せるようになりました。子どもだけの世界に向けられていた目が、世間一般への興味に転換し始めたのでした。それが子どもの成長にとって好ましいことかどうかは、一概には言えません。広い視野を持つことにつながるかもしれないし、あるいは目先のめずらしさに誘われて生活が乱れることもあるかもしれません。ともあれ、このころから、ケンコの世の中への関心はぐんぐん広がっていきました。

その中でも、強く関心を寄せたのは、戦後初めての国会議員の選挙でした。候補者の中には戦争中、危険思想の持ち主として捕らえられ、刑務所に入れられていた人たちもいました。そんな彼らが自由を獲得して、自分たちの主張を伸び伸び訴える機会を与えられたのですから、その勢いはほかのどの候補者よりも優っているようでした。

選挙演説の会場にはたいてい近くの国民学校の講堂などが使われるので、ケンコは夕方や夜でも演説を聞きに行きました。もちろん聴衆は大人ばかりです。その中にたった一人、子どもが演壇の真ん前の席に座って、候補者の顔を食い入るように見つめているのですから、ときには候補者の方も、

「今日の日本では、国民学校の生徒さんまでが、われわれの活動に深く関心を寄せてくれています。心からうれしく思います」

などとわざわざ言ってくれることもありました。

学校で友だちに選挙演説の話をしてみると、意外にも、関心を寄せている者が少なからずいることがわかりました。そこでケンコは、これからは子どもだからといって学校の勉強だけしていればいいとは言えないのではないか、世の中のいろんなことに関心を持って、ときには大人と同じような仕事や活動に加わっていくことも大切なのではないか、とさえ考えるようになりました。

こんなふうに三学期は短かったわりに、ケンコにいろいろなことを考えさせ、新しい方向に目覚める機会を与えてくれたのです。世の中のできごとや時代の移り変わりに、いくらかでもふれることができたようにケンコは思いました。

しかし、同時にケンコには、もうひとつ気がついていることがありました。それは戦争

が終わるまでの学校生活の記憶は、一日一日が心に刻まれたようにはっきり思い返すことができるのに、戦争が終わってからは印象深い思い出が乏しくなったことです。師範学校の校長先生の国語辞典のお話と、島田先生から教わった国語文法の学習体験を除くと、心に残るようなことは思い当たらないのでした。

これから六年生に上がっても、それは変わらないような気がしました。それほど戦後の学校生活は緊張感や躍動感に欠けて、感動の乏しいものだったからです。

一方、家の方では、母やニノンや妹も松江から帰ってきたことで、ケンコにとって一人で徳島に疎開してから一年半ぶりに、家族みんながそろった暮らしの再開となりました。

## 三

国民学校最後の学年の、新学期が始まりました。けれどあいかわらず学習は停滞していましたし、子どもたちにも活気がありません。

それも無理はなかったのです。食糧事情が戦争中よりいっそう悪くなっていたうえ、世相は混乱を極めていたからです。いつもお腹を空かせているので、食べ物のことばかり頭に思い浮かんできます。そして世の中の雰囲気が悪くなって、他人を信じることができなくなりました。こんな状態で、子どもたちが溌剌と楽しく過ごせるはずがありません。

ケンコの家でも、父の以前の教え子の中で、家が農家のところに伝手を求めて食糧を分けてもらおうと考えました。その時分、それを買い出しと言って、どこの家でも生きるか死ぬかの瀬戸際に置かれていたのです。そんなときは、必ずケンコを同行させました。父も一人でそういうところへ出かけるのは気詰まりでしょうし、たとえ子どもでも連れがいれば心強かったのだと思います。

ケンコの方も、父には幼いころケガをしたとき、背中におぶって病院に連れて行ってもらったり、疎開していたときも何度も訪ねてきてもらったりした思い出があります。そんな父のために、少しでも役に立てるようになったことが、とてもうれしく思えました。

かつて教えを受けた先生だというので、どの家でもわりあい温かく迎えてくれましたが、しかし同じ家に何度も世話になるのはやはり気兼ねがあります。父とケンコはできる限り、新しいところを求めて訪ね歩いたものでした。

ときには、ある家の近くまで来て、突然父が立ち止まってしまったこともありました。

「何だか気が進まないよ。きょうはやめておくか」

父はそう言ってケンコの顔をのぞきこみました。その父の表情を、ケンコは心配そうに見つめます。父は元気のない土気色の顔色をして、少し哀しげにも見えました。ケンコは

「そうだね」と同意しそうになりましたが、そこは子どもの無邪気さで、

「でも、せっかくここまで来たんだから、行ってみようよ」

そう言って、父の手を握りました。汗ばんで油じみた手でした。

するとと父は気を取り直したのか、

「では、行ってみるか。だめで、もともとだからね」

元気を振りしぼるような声で言って、先に立って歩き出しました。しかし父がためらいを感じていたように、その農家はあまり食糧を分けてくれませんでした。わずかな馬鈴薯と菜っ葉などをもらえた程度でした。

「やはり思っていたように、だめだったね」

落胆したように言って、父はケンコの肩に手をかけました。

「お父さんが心配していたとおりだったね。無理に行こうと言ったりしてごめんね」

ケンコは素直にあやまりました。

「いいんだよ。おまえがついてきてくれるから、どこへでも思い切って行けるんだ」

父は家族のために、いつも懸命に食糧を求めて買い出しをしてくれているのでした。学校が忙しいのに、土曜日曜になると、疲れた体もいとわず出かけていきます。そんな父をケンコはありがたいと思うだけでなく、かわいそうにも思いました。そこで、

「お父さん、これからはぼくが一人で、いままでお父さんと行ったところをまわってみるよ。ぼくは買い出しに行くことなんか平気だし、どっちかと言えば楽しいくらいだから」

ケンコはそう父に提案してみました。

それからは言ったとおり、ケンコが一人で土曜の午後や日曜に買い出しに行くことになりました。自分でも不思議なくらい、一人だけで行くことに、ケンコは何のためらいも不安もありませんでした。むしろ自分がやっと家族のため、とりわけ父と母の役に立つことができるようになったのが、うれしくてしかたなかったのです。買い出しには、ときにはニノンもいっしょに行くこともありました。

ケンコは買い出しだけでなく、もっと家のために役立つことはできないかと考えてみました。しかし六年生程度では、特別なことはできないので、せめて母の代わりにお使いに行くことにしました。買い物カゴを下げて、市場にも闇市にも行きましたが、そうしてみると、こまごました用事はいくらでも出てきます。実際にやってみると、母がふだんどれほど忙しくしているか、よくわかってきます。ケンコはこれも勉強だ、これからも家のためにできることは何でもやっていこう、とあらためて決心しました。

こんなふうに父母はもちろん、ケンコ自身も必死に努力していたのですが、それでもときには、家に食べる物が何もなくなってしまうことがありました。

ある日のことです。朝ご飯がすむと、母は残ったわずかなお米をすべて炊いて、おにぎりを作りました。どうするのだろうと思って見ていると、少し大きめのおにぎりを一つずつお皿に載せて、三人の子どもに渡してくれます。

「これですっかりお米がなくなってしまったの。きょうはほかに食べる物はないから、このおにぎりを好きなときに食べるんだよ。すぐ食べてしまうと、夜になってお腹が空くから、いつ食べたらいいか、上手に工夫して食べなさい」

まだ三歳になったばかりの妹は、お弁当でももらったつもりなのか、喜んでおにぎりを眺めていますが、中学三年のニノンと六年生のケンコは、そうでなくともお腹を空かせやすい年ごろです。このあとはこのおにぎり一個しか食べられないのかと思うと、かえってお腹が空いてくるのでした。

母に言い聞かされていたにもかかわらず、ニノンもケンコもお昼にもならないうちに、もう食器棚にしまってあるおにぎりを取り出してきました。まだ午前十一時になるかならないかのころでしょう。けれど目にしてしまうと、がまんなどできず、あっという間にぺろりと食べてしまいました。

大きめに作ってあったといっても、食べざかりの二人には、ほとんどお腹に食べ物が入ったかどうかわからないほどです。おにぎりは、あっけなく無くなってしまいました。食べてしまってから、これで夜になっても食べる物は何も無いんだと思うと、絶望的な気分になってきます。気をまぎらわそうと、本を読んだり、ラジオを聞いたりしていましたが、おやつの午後三時をまわり、夕方近くなってくると、もう何をするのもいやになってしまいました。

「ぼくらがこんなに腹がへってつらいのも、戦争なんかやるからだ」

「東條がアメリカ相手にばかな戦争なんかするから、ぼくらがこんな目にあうんだ」

不満と空腹を何かにぶつけて気をまぎらわそうとしましたが、かえってお腹はへるばかり。

「そうね。戦争のおかげで、食べざかりなのに毎日お腹を空かさなければならないんだから、かわいそうよね」

母も同情してくれますが、二人はただ畳の上に寝ころがって、何とか時間をやり過ごすしかありませんでした。

そのころになって、妹はようやくおにぎりを出してきて、大事そうに食べ始めました。小さな子どもでも、朝ご飯のあとは何も食べていなかったので、さすがにお腹が空いたのでしょう。それでも、いっぺんにかぶりつくようなことはしません。大事そうに一粒一粒食べているので、そばで見ているニノンとケンコはたまりません。

「ぼくにもくれないか」

「わしもほしいなあ」

二人はさかんに妹をからかいますが、妹は大切そうに一時間近くもかけて、おにぎりを食べ終わりました。それを見ていた母は、

「良い子だねえ。にいさんたちと違って、すぐ食べずによくいままでがまんしていたね。賢い賢い」

とほめてやりました。妹はお腹も満たされたし、母にもほめられたので、うれしそうにニコニコしています。ニノンもケンコも、悔しいけれど、しかたがありません。

「小さい子はいいなあ。ぼくらはこんな遅くまで食べずに取っておくなんて、できっこないんだからなあ」

また愚痴をこぼしあっています。

母は台所でそれをそっと聞いていましたが、ほんとうはニノンやケンコに同情していたのでした。母自身はおにぎり一つどころか、朝から何も口にしていません。もちろん空腹だったのですが、それよりも、子どもたちに食べさせてやれないつらさの方が耐えがたかったのでしょう。台所の仕事が片づくと、みんなのところへやってきて、

「これから、みんなで散歩に行かない？　今夜はよく晴れているから、めずらしいくらいお星様が見られるよ。いま、ちょっと外へ出て空を見上げたら、びっくりしたんだよ」

と言い出しました。

おにぎりを食べたばかりで機嫌の良い妹は「散歩行こう、行こう」とすぐ喜びましたが、

「散歩だって？　こんなに腹がへってるというのに、驚いてしまうよ。お母さん、正気なの？」

ニノンとケンコは、こんなことを言い出す母の気持ちがよくわかりませんでした。それでもだらだらしながら外へ出てみると、たしかに空にはたくさんの星が、きらきらと輝いています。

「お母ちゃん、おんぶして」

妹は暗い夜道が怖いのと、母に甘えたいのとで、しきりにせがんでいます。母は自分も疲れているだろうに、妹を背負うと先頭に立って歩き出しました。妹はくったくのない笑顔を浮かべて、兄たちの様子を振り返っています。しかたなく、二人も夜の道をぶらぶらと歩き出しました。

歩いて行くうちに、不機嫌になっていたケンコもだんだん気分が落ち着いてきました。見上げる空に、ほんとうに見たこともないほどの満天の星が輝いていたからです。

大阪は戦前から「煙の都」とまで言われていたほど、工場の煤煙がひどく、いつもどんよりと空気が濁っていました。それが戦争で破壊され、戦後になってもすぐには産業も回復せず、人々はやっと生きていけるかどうかという状態に追い詰められています。ところが皮肉なことに、そうなって初めて、自然の美しさがよみがえってきたのでした。星空ばかりでなく、遠くに見える山々の稜線なども、澄んだ空気のおかげでくっきりと夜空に浮かんでいます。

町内をひとまわりして家に帰ってくるころには、ケンコもニノンも、お腹が空いていることを忘れかけていました。そこでようやくケンコは、「散歩に行こう」とみんなを誘った母の心づかいに気がつきました。

母は妹をおぶったまま、柔らかな表情を浮かべて、空を見上げているニノンとケンコを見守っていました。子どもたちに満足に食べさせてやれない悲しさを抱えながらも、母も星空に見入っている子どもたちの姿に、ホッと胸をなで下ろしていたのでしょう。

ケンコは、子どもたちを慈しむような母の目に、母がいま何を考えているのか、わかるような気がしました。みんな、素直な良い子たちだ。明日からもろくに食べ物がない日が続くかもしれないけれど、何とか工夫して、この子たちが元気に生きていってくれるようがんばろう。きっと、そう思っているに違いない。

そんな母の背中では、いつのまにか、妹が満ち足りた顔つきで眠っています。ケンコはこれまでも大変だったし、いまも苦しいことは多いけれども、家族が無事でこうして生きてこられたことを、感謝せずにはいられませんでした。

## 四

このころ世間では、やがて学校制度がまったく新しく変えられる、という知らせが伝わり始めていました。

それによると、これまで国民学校（小学校）六年生までだった義務教育が、新しくできる中学校まで含めて九年間になる、ということでした。つまりこれまでの中学校は廃止になり、代わりに無試験で進める新制中学ができるわけです。六年生のケンコは、来年からその新しい制度の中学校に入ることになります。

この新制中学を卒業する段階で、試験を受けて、新しくできる新制高校に進学します。ですから、従来の高等学校は廃止になり、新しい制度の大学に組み込まれるというのです。これまでなら、ケンコは来年、旧制中学に進むことになっていたのですが、そのまま義務教育があと三年続くことになりました。

しかし、制度は簡単に作り替えられても、子どもたちの方はそうやすやすと切り替えができません。これまで当然と思って生きてきた流れから突然放り出されたような、それとも根っこから切り離されてしまったような、宙ぶらりんの気分でした。第一、あいかわらず毎日の食糧の確保の方が先決の問題で、そんな制度のことどころではなかったのです。

二学期が終わるころ、学校で身体検査がありました。それは従来のように身長、体重、胸囲などを測定するばかりでなく、医師が栄養状態なども判断するものでした。一人ずつ上半身裸になって診断してもらいましたが、並んでいる子どものほとんどが「栄養失調」と言われるのです。そう言われない子の方がまれなくらいで、かえってその子の方がみんなの前で体を隠すようにしながら恥ずかしそうにしていました。たいていの子どもはガリガリに痩せていましたから、あばら骨が洗濯板のように見えるのもかまわず、

「おれも栄養失調や」「おれかてや」

などと平気で言い合っていました。

そのころケンコは、周りの子どもたちのあいだに、ある変化が生まれているように感じていました。それは休み時間などに、おたがいに組み討ちをする遊びが流行っていたことです。授業が終わるか終わらないうちに、あっちでもこっちでも、ドタンバタンと子どもたちが組み討ちを始めています。それも、上級学年の子どもたちほど、この傾向が強いよ

うでした。

その組み討ちごっこにもいろいろな場合があります。目立つのは、もっとも腕力の強い子が、子どもの中で目立つ子を相手に押さえつけ、自分が誰よりも強いのだとみんなに見せつけようとする場合でした。

また、力の弱い子、幼げな印象の子どもを、大勢で取り囲んで押さえつける場面もよく見受けられました。それも単に体を押さえつけるだけでなく、いろいろな方法で、相手が悲鳴を上げるようなひどい痛めつけ方をするのです。そのさまをみんなで楽しんでいるような姿は、ケンコに生き物を傷つけるような残酷さを感じさせました。こんな光景は、四国でも松江でも見たことがなかったからです。そこには、何か子どもたちのゆがんだ生活ぶりがうかがえました。

世の中の混乱するままに、子どもたちの本来持っている生き生きとした精神がゆがめられているのでしょうか。知らぬまにたまった不平や不満を、気づかないうちに、友だちを痛めつけることで晴らそうとしているように、ケンコには思えました。むしろそんな子どもたちの方が、自分でもそれとわからないもやもやしたものを、心の中にかかえているのかもしれません。もしこうした心の中のもやもやが、正しい方向へと導かれなければ、子どもたちはどう成長したらいいのかわからないままに大人になっていく心配もあります。

こうして混乱した世の中を背景に、荒れた学校生活は二学期の終わりを迎えようとしていました。卒業を前に、最後の年の学芸会の準備が始められることになりました。ケンコの組では演劇をすることに決まり、脚本の用意、舞台作り、配役の選定などが次々に決まっていきました。ケンコは出演者の一人に選ばれたので、毎日練習に取り組み始めました。

劇の内容は、ある村でのできごとで、その村では欲の深い領主のために村人たちはたいへん困っていました。領主はますます自分の欲を満たそうとしますが、それが仇になって、賢い若者の計略に引っかかり、ついに降参してしまう、というお話です。

ケンコに当てられたのは、その欲深い領主の役でした。ちょっと自分の性分とは合わないように思えて不満でしたが、劇の上のことなのでしかたがありません。

いよいよ学芸会の当日は、父と母も劇を見に来てくれました。ケンコは一生懸命に役を演じましたが、役柄が好きなものでなかったので、父母から「うまくできていたよ」「なかなかのものね」などとほめられても、あまりうれしくありませんでした。

しかし、これがきっかけになって、ケンコたちのあいだでは、演劇をして遊ぶ習慣がつきました。家にも友だちを誘って、部屋の床の間を舞台に見立てて、いろいろなお芝居を考えてやってみました。自分の気に入りの劇で、好きな役を自由にやれるのですから、おもしろくてしかたがありません。学校から帰ると、毎日のようにそんな遊びをして楽しんでいました。演劇、それがわずかに自分たちで見つけた、気持ちを明るくしてくれる活動のように思われたのです。

そうしているうち三学期になり、やがて卒業する三月が近づいてきました。

## 五

昭和二十二年三月、教育基本法と学校教育法が公布、制定されました。戦前、戦時中に行われていた教育が終わり、新しい時代の学校制度が新学年からスタートするのです。

昭和十六年に始まった国民学校は、ここにいよいよ最後を迎えることになりました。つまりケンコの入学年度に産声を上げた国民学校は、ケンコの卒業とともに役割を終えるときを迎えたのでした。

最後の卒業式はあっけなく終わって、ケンコの手元には、国民学校の卒業証書だけが残りました。証書一枚が残ったという表現は、あまりにも頼りなく感じられますが、ほんとうにそんな印象でした。国民学校の最後の日々は、それほど深い印象も感慨も子どもたちに与えることなく終わってしまいました。

その証書には、それを授けた校長先生の署名が印されていました。署名の上には、従七位という官吏に与えられる称号が添えられています。これは位階といって、校長先生個人の地位をあらわすものですが、戦前戦中の卒業証書には必ず記されていたものです。ただ、このような名誉ある称号も、この年の証書を最後に姿を消すのだと思うと、このような位を与えられた校長先生が哀れにさえ思われました。

三月三十一日、旧年度が終わる日、国民学校は太平洋戦争の敗戦を受けて、この戦後の日本社会から消えていきました。この戦争を始めるに当たって、進められてきた教育の基本的な精神が、日本の表舞台から完全に消え去ることになったのです。

この六年間、ケンコは国民学校に入学してから、きょうまで過ごしてきた日々の中で、いつも頭から離れない心配ごとがありました。それは物心つく前から日常生活の中に当たり前にあった戦争のことです。ケンコが生まれて三年目には、中国大陸で戦争が始まりましたし、国民学校に入学した年には、アメリカ・イギリスとの大戦争に突入しています。戦争というものと関わりなしに、ケンコの将来は考えられなかったのでした。ケンコがずっと抱いていたのは、その戦争という厳しい状況に、自分が耐えられるかという不安でした。

国家を挙げて進められている大戦争に役立つ国民になるには、どうしたらいいのか。それには、どうしても乗り越えなくてはならない試練が必要だと考えたのです。つまり、「強い子ども」になることです。強い子どもこそが、ゆくゆく強い兵士になれるからです。強くなるには、どうしたらいいのだろう。ケンコは幾度もそのことを考え、悩んできました。精一杯の努力も重ねてきました。

たとえば「泳げるようになること」のために、どれほどがんばって努力したか、思い出しても涙ぐましいほどでした。また徳島に疎開したときには、田舎の子に混じって農作業に精を出しました。少しでも早く土を耕したり、重い荷車を引けたりできるようにと、一生懸命でした。

おかげで体も丈夫になり、精神面でも友だちに負けない粘り強さが身についたように思っていました。そして、いつかは戦地で立派に戦うだけの強い体と精神力を自分のものとしたい。どんな恐ろしい戦場にも勇ましく立ち向かっていけるようになってみせる。そんな気持ちが、ようやく身にそなわり始めていたのです。

そこへ、終戦、いや敗戦!

正しい戦争だと信じ込んでいた戦争に、日本が敗れたのです。それまで大切なものとされていた教科書は墨を塗られたり、使用禁止になったりして、授業の内容もがらりと変わってしまいました。戦争に役立つ強い兵士になる、という目標は突然どこかへ消え失せてしまったのです。

そうなると、どんな恐ろしい戦闘にもひるまず突き進んでいくことが、真に人間として正しいことであり、強いことなのか、という疑問が浮かんできます。

自分の生命を捨てて、敵の軍艦に飛行機で体当たりする行いが、ほんとうの強さなのだろうか、とケンコは考えました。自分の生命が危うくなれば、誰でも恐れたり、心配したり、不安になります。そうすることもなく、いさぎよく生命を捨てても悔いないことが、強さなのだろうか、それはほんとうに良いことなのだろうかとも、ケンコは考えました。

もし自分の体を平気で傷つけたり、生命を捨てたりできる人間になったら、ほかの人を殺したり苦しめたりすることも平気になっていくのではないだろうか。実際、本土決戦のために、米兵の心臓に木刀を突き立て、さらにえぐって止めを刺す方法まで教えられたとき、人間の生命の尊さなど意識することもなく訓練していたのが恐ろしく思われました。これが戦争の酷さなのです。そして、それがこれまで日本の国が、国民学校の教育が、否応なく身につけさせてきた生き方だった、ということもわかってきました。

そのように考えていくと、次第にケンコは、これまでとは違う考え方に気がつき始めました。自分はたしかに弱い子どもで、恐れたり、不安に陥ったり、助けを求めたりする心をいまも持っている。けれど、それは自分ばかりではないだろう。すべての人間が、多かれ少なかれ持っているものに違いない。それはけっして恥ずかしいことではないはずだ。人間にとって大切なのは、ある意味で人間らしい、そんな弱さに耐えることではないのか。たとえ無力であっても困難にくじけずに生き抜いて、つねに人間同士がたがいに助け合い、理解し合うことが大切なのではないだろうか。

そう考えると、ありのままの自分でいいのだという自信さえ湧いてきました。

ケンコは六年間を振り返って、何よりも心のよりどころであった父母と、また尊敬する先生、さらには支え合ってきた友だちと引き離される悲しみに耐えていく中に、子どもながらさまざまな苦難を乗りこえる力さえ身につけてきたように感じました。

そしてどんなに前途に見通しの立たないときであっても、希望を失わなかったこと、それがほのかな光を与えてくれたことを思い起こしていたのです。

# あとがき

私が『ケンコ』という物語を著そうと考えたのは、百歳で亡くなった父の介護に九年間、さらに、百一歳で逝った母を、主に母の介護に当たっていた妹を助けて六年間、あわせて十五年の歳月を経た七十代半ばのことでした。

それは、長い介護の間に、姿も心根もすっかり幼子のように可愛くなった両親を失ってさすがに茫然と佇んでいたころ、脳裏に滲み出るように浮かんできた幼少期の記憶に促されたのが発端でした。

私の幼少期と言えば、国民学校の時代と言い換えてもよいほど、昭和十六年に改正されたその新教育制度と一致していたのです。それは皇国の道をすべての国民に徹底させる目的で制定されたものでした。私はこの制度による最初の児童であったとともに、日本の敗戦によってあっけなく六年間で閉じることになった最後の卒業生でもありました。正に国家の栄光と凋落を描いた歴史劇の舞台にのせられたかのような凄まじい幼少期であったわけです。

私は若いころに幾度か、この時代の体験をストーリーにした文章を書いてみようと試みましたが、いつも中途で筆が止まってしまったものでした。そのときは、作品の骨格を国民学校という制度や当時の社会構造に焦点を置いて描こうとしたために、あまりにスケールが大き過ぎて手に余ったのでしょう。

今回は、自らの体験を土台に、戦中、戦後の激動する状況を背景として、次々と襲いかかる苦況に耐え、葛藤しつつも生き抜いていく様を、ケンコという主人公に託して描いてみたのです。すると思いの外筆がすすみ、約三か月で書き上げることができました。

ところで、読み返してみて驚いたのは、八十余年の今日までの人生過程で形成された私の人間観、人生観の根幹をなすものが、この幼少期に形作られようとしていたことでした。

その最たるものは、自分の遭遇する現実がどんなに苛酷な状況であっても、それを一つの現実として受け止め、苦しみや悲しみに圧しつぶされずに、自分の未来に希望を抱きつづけていこうとする人生のあり方が芽生えていることです。しかも、新たに襲ってくる多様な変化に耐えながら、少しでもそれを打開できる糸口が見つかれば、自らその苦況から抜け出していこうとする生き方を誰に教わるわけでもなく、自身で育んでいるところに、危機がかえって成長の契機になっているようにさえ思われたのです。

それは、戦後の日本の教育がどん底に陥ったとき、主人公に一層鋭い発見や気づきを促し、さらに深い思考へと導いているところにもうかがうことができます。

ただ、このように主人公が苦難に耐え、その上成長するまでに到る内奥には、どんなより所があったのだろうか。一体、戦中戦後の危機の下に、それまで保護し、支えてくれていたものから引き離され、孤立していく中で、何を支えに生き抜いてこられたのか、それをあらためて問い直さずにはおれませんでした。

そのとき、心に浮かんできたのは、数年前まで世間と隔絶するように、年老いた父や母と過ごした介護の日々でした。遠く幼い頃に誰よりも力強く、頼りがいのあった父や母も、まるで幼子に返ったかのように見えました。それでも一つ最後まで変わらなかったのは、たがいを思い合う心でした。それは、老いた父や母を支えていた唯一の力であったでしょうが、それはまた私自身の介護をつづけていくエネルギーともなっていました。

何もかもが変わっていく現実の下でも、たがいを思い合う親子の愛情だけは不変のものでありました。それが、戦中戦後の幼少期の心を支えていた、絶対的なより所であったこともしみじみと思い返されるのです。

同時に、病床の父と母から何度「アリガトウ、アリガトウ」という言葉を聞いたことでしょう。

愛と感謝、これこそは、親子が日々に支え合う根源的な力であると共に、戦時疎開のために離れ離れになって暮らそうとも、父や母が、死へと旅立っていこうとも、普遍的な支えとしてけっして失われないものなのです。

それにいま一つ貴重な心の支えに、愛して止まない、父特有のユーモアがありました。それは、父のお人好しとも言える無欲さから発せられる巧まざる言動によってもたらされ、深刻さから救ってくれるまたとない力ともなっていたのです。私は子どもの頃から父の姿から発せられる常識をこえたおかしみによって、そのつど緊張から解放され、内面の危機から救われていたのです。

振り返って考えてみれば、父と母とともに過ごした長く、懐かしい介護の営みを支えていたものも、心を込めて綴った『ケンコ』の物語も、親と子のたがいの〝愛と感謝〟という同じ根源から生み出されたものであることに気づかされたのです。

併せて、『ケンコ』の物語にも著したように、松江に家族で疎開していた折に、同じ隣組にあったキリスト教会のクリスマスで、神のみ言葉を聴いた体験から、十七年後に、東京の実家のある世田谷区若林に、はるばるカナダから訪れた、ケベックカリタス修道女会によって創設されたカトリック学校の教師として働くことのできたことが、私はもとより両親にとっても何よりありがたく幸せであったことを記さねばなりません。

このカリタス学園に赴任する前は、疎開での思い出も多い四国の学校に勤めていたのでした。たまたま正月休みに実家に帰って、父と二人で若林の町を散歩していたときに、巡り合ったのが、東京に拠点を設けたばかりのカリタス修道女会でありました。かねてキリスト教の学校教師を志していた私の気持ちを知っていた父が、すぐ四国へ戻らねばならなかった私に代わって、就職のための労をとってくれなければこの出会いは実現しなかったことでしょう。また直接的には、若かった私が四国の学校で、生徒たちのために日頃書いていた詩を、校長でいらっしゃったスール・リタ・デシャエンヌ様のお目に掛けたことが転任の端緒となったことなど、いま思い返せば夢のような懐かしさが胸に浮かびます。

また、迷える羊のような当時の私に確固たる目標を示してくださった校長先生の次のお言葉がいまでも忘れられません。

「カリタスでは、英語とフランス語を教えるという独特な外国語教育を行っていますが、それとともに国語を大切にしていきたいと考えているのです。私の国カナダでもヨーロッパの国々でも、またどんな地域の国々でも、母国語を大切にしない国や民族はありません。カリタスの子どもたちがみんな国語を大切にするよう、また国語の力をしっかり身につけられるように努力してみてください」

おかげで私はその後三十六年間、学園を去る最後の日まで先生の理念を実現していくために国語教育を探究してまいりました。正に私のバックボーンとなっていたのです。

その意味で、私は、この『ケンコ』の物語を、国語教師として確立させてくださった故スール・リタ・デシャエンヌ先生の御恩に報いるため心を込めてお捧げしたいと思います。私は、昭和四十年に受洗し、信仰生活もすでに半世紀を越えます。また、母も時々学園を訪れては生徒とも親しみ合っておりましたので、同意により所属する聖イグナチオ教会クリプタに分骨して葬らせていただきました。
おわりに『ケンコ』の出版に当たりまして、限りなく大きな神様の恩寵に与りましたことを深く感謝申し上げます。

平成二十九年十一月

森本謙四郎

## 著者プロフィール

**森本 謙四郎**（もりもと けんしろう）

昭和9年（1934年）生まれ。大阪府出身。東京教育大学教育学部卒業（国語教育学専攻）。

横浜中学高等学校、大手前丸亀中学・高等学校、カリタス女子中学高等学校、恵泉女学園大学日本語日本文化学科で国語教育に携わる。

カリタス小学校校長を務め、退職後は、現代詩やエッセイなどを多数発表。

日本国語教育学会に所属し、独自の探究学習法を発表。共著として、同学会編『国語単元学習の新展開・高等学校編』（東洋館出版社、平成4年）がある。

趣味；中学時代から愛好してきたラグビー。高校・大学ラグビーから国内トップリーグ、世界スーパーリーグの試合観戦（とりわけ、ニュージーランド、オールブラックス）。


**ケンコ** 荒波を超えて

2018年1月15日 初版第1刷発行

著　者 森本 謙四郎
発行者 瓜谷 綱延
発行所 株式会社文芸社
〒160-0022 東京都新宿区新宿1－10－1
電話 03-5369-3060（代表）
03-5369-2299（販売）

印刷所 株式会社フクイン




ISBN978-4-286-18728-0